Sonya
ソーニャ文庫

水底の花嫁

山野辺りり

JN167961

イースト・プレス

contents

序章

前日まで降り続いた豪雨により、濁流《だくりゅう》と化した河《かわ》がうねる。轟音《ごうおん》と共に悲鳴も慟哭《どうこく》も押し流し、土砂《どしゃ》を巻き込み勢いを増し続ける。

息苦しくて足掻《あが》こうにも、伸ばした手が掴むものは何もない。濁《にご》った水の中で掻いた腕は、決して生を求めたからではなかった。

水面に叩きつけられた瞬間に意識が遠のいたが、肌を刺す冷たさが彼女を引きとどめる。瞬く間に身体から熱が奪われ、重くなる手脚が冷えていった。間もなくその感覚さえ失われてしまうだろう。

肺に残った空気を吐き出し、彼女は胸元のペンダントに触れた。そこにあるはずの硬い感触はもうほとんど感じられないけれど、何もない自分にとって唯一縋《すが》ることのできる宝物だった。

心の奥底に刻まれた消えない傷。それから逃げ出すためには、この方法しかもはや残されてはいない。

――この水の底に全てを捨ててしまおう。

過去も、感情も、命も。

涙は溢れるそばから河の水と同化して消えてゆく。それと一緒に自分自身もなくなってしまいたいと思う。

無に帰ればいい。何もかも。

そうして秘密も連れて逝《い》こう。

最後に見たのは、鎖が千切《ちぎ》れたペンダントが吹き飛ばされるように離れてゆく光景だった。

「……っ、」

弛緩《しかん》した身体は濁流に呑《の》まれ、意識は失われていった。

1. 見知らぬ夫

ニアは焦る気持ちを宥《なだ》めつつ、先を急いでいた。ロバが牽《ひ》く荷車の手綱《たづな》を握り締め、悪路《あくろ》に翻弄《ほんろう》されながらも必死に操る。

まだまだ義父《ちち》のハンスの腕前には遠く及ばないが、我ながら上手くなったものだと思う。最初は荷車を御《ぎょ》すどころか、簡素な板張りに長く腰掛けているのさえ苦痛であったのに、今や一人で町までだって行かれる。役に立てている。

それを誇らしく思いつつ、予定よりも随分遅くなってしまったことが悔やまれた。早く帰らねば完全に日が暮れてしまう。実際、もう遠くの空は茜色《あかね》だ。それが間もなく群青《ぐんじょう》に変わるのは、想像に難《かた》くない。

ニアはちらりと空を見上げ、深い溜め息をついた。

――やはり、川沿いの近道を選ぶべきだったかしら。

今朝方まで降り続いた雨のせいで道はぬかるみ、河川は普段の穏やかさとはかけ離れた様相を呈している。義両親《りょうしん》も、危ないからと遠回りでも安全な山側の道を進むよう繰り返してニアを送り出していた。

だが、そうだとしても多少の危険など捨て置いて川沿いを選んだ方がよかったかもしれない。本当ならば、とっくに家に着いていていい刻限なのだが、まだまだ辿り着けそうにない現実がニアを憂鬱《ゆううつ》にする。一刻も早く、街で手に入れた薬を家で待つ二人に渡したいのに。今こうしている間にも義母《はは》のセルマは痛みに喘《あえ》いでいるかもしれない。

グルグルと思い悩んだが、大きな石に車輪を取られヒヤリと肝を冷やした瞬間、結局はこれが正解だったのかと結論づけるに至った。きっとあちらを選んだところで集中できず、余計に時間がかかりそうな気がする。まして道の状態はこの道よりももっと酷いはずだ。ニアの腕前では不安が残るのを認めざるをえない。

それに――――もしも晴天続きであったとしても、出来ることなら河になど近付きたくないというのがニアの本音だった。青空を映して煌《きら》めく水面も、流木を巻き込みながらうねる淀《よど》んだ流れも、全て嫌いだ。せせらぎですら聞きたくもない。

今は随分マシになったけれど、以前は顔を洗うのも一苦労で、甕《かめ》に溜めた雨水さえ気味が悪かった。

ニアは、水が恐ろしかったから。

どうしてそうなってしまったのかはわからない。気づけば、そんな有様だった。そう、目覚めた時にはもう。

ニアには、三ヶ月以上前の記憶がない。

一度死にかけ助けられた時には、名前も、家族も、住んでいた場所も何もかも頭の中から零れ落ちてしまっていた。

　約三ケ月前のある夕暮れ、河べりに打ち上げられているニアを助けてくれたのが今の義両親だ。ニアはその時ボロボロの状態で、流れ着いた漂着物に埋《う》もれながら辛うじて息をしている状態だったらしい。それでも水が冷たかったことと、すぐに意識を失ったことが幸運に働いたと医者は言っていた。そのおかげで、あまり水を飲まずに済み、余計な体力も使わずに溺死《できし》を免《まぬが》れたのだと。

　とはいえ満身創痍《まんしんそうい》なのは変わりなく、まともに会話ができるようになるまでには数日が必要だった。身体のあちこちには打撲や切り傷が刻まれ、憔悴《しょうすい》の度合いが激しく、回復力が落ちてしまっていた。内臓機能が極端に弱っているとも言われた。しかも漸《ようや》く身体を起こせる状態になった時には、ニアの頭の中には何も残っていなかったのである。

　何一つ覚えていないニアに、二人はとても親身になってくれた。彼女が身につけていたドレスから上流階級の娘ではと推察されたが、当時混乱を極めていたニアには答える言葉も思いつかず、何よりあらゆるものが恐ろしかった。助けてくれた二人にさえ、当初は信頼を寄せることができなかった。

　あの時は触れてくる手も、かけられる言葉も、全てがまやかしに見え、得体のしれない恐怖の対象だった。逃げなければという衝動に突き動かされ、まだ萎《な》えたままの脚を引きずってベッドを抜け出した回数は数えきれない。

　何もかも、信じられなくなっていた。

そんなニアを憐《あわ》れみこそしたものの、義両親は根気強く優しく接してくれた。打算もなく、決して結果を性急に求めない二人の献身的な看護に、ニアの凍えてしまっていた心も溶かされていった。

時の流れにも癒されて、今では難なく日常生活を送れるようになったし、身体も心も健やかになり、義両親とも本当の親子のように暮らしている。いくら感謝してもしきれない。あの二人がいなければ、とうの昔にニアは野垂れ死んでいただろう。

もしかしたら、あの時ニアの素性は突き止めようとすればできたのかもしれない。けれど、ニア自身がそれを望まなかった。胸のうちに巣食った不安と恐怖が、ニアの足を竦《すく》ませたからだ。思い出してはいけないと囁く何かに頷き、強く眼を閉じ今に至る。

そして気遣ってくれる二人の厚意に甘え、平穏で幸せな日々を過ごせている。「ニア」という名前を貰い過去とは決別したことに後悔はない。真っ白だった手が日に焼けて皮膚が硬くなったことも髪が艶《つや》を鈍らせ潤《うるお》いを失くしたことも瑣末《さまつ》な事象でしかなく、むしろ二人の本当の娘に近づけるようで嬉しかった。

だから、自分に出来ることならば何でもしたいと思うようになったのは、自然の流れだ。今日も本当であれば三人で街へ向かう予定だったが、数日前からセルマは体調が思わしくなく寝込んでしまっている。けれど収穫した野菜は待ってはくれない。新鮮なほど売値はよくなるし、旬より僅かに早いこの時期は高値も見込める。

義父のハンスはニアに妻の看病を頼み、独りで街へ行くつもりだったらしい。だが、ニアは彼が持病の腰痛を最近悪化させているのに気づいていた。数時間に及ぶ荷車での移動は厳しい。まして重い荷物を持ち運ばなければならないし、連日続いた雨で足場も悪い。どう考えても、ハンスが行くのは得策ではなかった。

そのため自分から行かせて欲しいと懇願したが、二人はニアを一人で街へ向かわせ、若い娘だけに重労働を押し付けることは絶対にできないと瞳を潤ませた。

「心配しないで。私、もう立派に荷車だって操れるのよ？　それに街で薬を買ってくるわ。野菜は言い値で取引して貰うから、任せて」

二人の手助けができるのが誇らしく、ニアは胸を反らして微笑んだ。

薬が必要なのは事実であったし、総合的に考えてニアが行くのが一番理に適っている。分かってはいても優しく心配症な義両親は中々認めてくれず、最後は二人揃って更に体調を悪化させ、折れるに至った。今朝、家を出る直前まで引き留めようとしていたけれど。

ポクポクとロバの蹄《ひづめ》が地を踏む長閑《のどか》な音が、ニアの回想を後押しする。

――あそこでロイに会わなければ、もう少し早く帰路につけたのに。

無事野菜を全て売りきり、予想以上の売り上げを持って意気揚々と薬屋へ入ろうとした時に出くわした顔を思い出し、ニアは眉根を寄せた。

悪い男ではないのだが、会う度になんだかんだと付き纏《まと》ってくるロイ。初めて顔を合わせた日から、あからさまではないにしても、ヒシヒシと好意が伝わってくる。たぶん自意識過剰ではないはずだ。異性から想われ、満更でもない気持ちを抱く女は多いかもしれない。だが、ニアは別だった。

恋をするつもりなど、欠片《かけら》もない。

むしろ、そういう眼で見られているのかと思うと、微《かす》かな嫌悪感さえ湧いてくる。それはロイに限ったことではなく、男性全般に言えるのだけれど、どうしてかなど知らない。知りたくもない。

ただ、失った記憶の中にその答えはある気がする。それでも、ニアは深淵《しんえん》を掘り起こそうとは思わなかった。

忘れてしまったのならば、それだけの価値だったのだ。ならば、無理に思い出す必要もない。苦しいだけの記憶など――

「――つっ」

揺れるカーテンの裾のような過去の端を摑もうとすると、いつも酷い頭痛が襲ってくる。ひらりひらりと手から逃げ、その実態は決して捉えられないのに、不意に頬を撫でてゆくからたちが悪い。

意図せず踏んでしまった苦痛の根源を誤魔化《ごまか》そうと、ニアは無意識に胸元を探る。それは彼女の癖だった。

そこには何もないはずなのに、不安や苛立ちを感じるといつも鎖骨付近を弄ってしまう。そして次に苦笑するのだ。何に縋ろうとしているのかと。

そんなことをつらつらと考えているうちに、ニアはやっと村の入口まで辿り着いていた。

空にはもう満天の星が瞬いている。きっと二人も心配していると思うと、気ばかり焦ってしまう。

ニアたちの住む家は、村の中でも一番奥にあった。小さくても、温かな我が家。そこにはいつだって笑顔と安らぎが満ちている。少しでも早くと急く思いは、家の前に停められた不釣合いな馬車を目にした瞬間、戸惑いに変わった。

この小さな村では凡《およ》そお目にかからない立派な馬車。豪華な装飾が施され、堂々とした馬が優雅に尾を揺らしている。

「何……？」

嫌な予感がする。悪寒にも似た震えが背筋を這い上り、ニアは息を詰まらせた。

ひょっとして、体調の悪化した二人の為に誰か医者を呼んでくれたのだろうかとも思ったが、それにしては煌びやか過ぎる。いくら高名な医師でも、こんな大袈裟なものでやっては来ないだろう。疑念は近付く毎に確信へ移行した。

ちょっとやそっとのお金持ちが所有できるような代物ではない。おそらくは貴族か、それに匹敵する権勢を誇る家の――

ニアは荷車を降りロバに餌と水をやりながらも、それから眼が離せなかった。どう考えても、停められているのは家の前。何か不測の事態でも起き、逗留《とうりゅう》しているのか。それならば、自分にも何か手伝えることがあるかもしれない。

そう、思うのに。

荒れ狂う鼓動が、これ以上近付くのを拒否していた。

すっかり夜の帳《とばり》が下り、月明かりだけでは馬車の細部までは窺えず、家の窓から漏れる明かりも全てを明らかにはしてくれない。けれどすぐ傍までいけば、掲げる紋章を確認できるだろう。いくら知識の大半を失ったニアでも、これほどの馬車を持つ家ならば知っている可能性がある。

右手は、頼りなく胸元を彷徨っていた。理由の分からぬ躊躇《ためら》いが確かめるのを妨害し、ニアは短くない時間立ち尽くしてしまう。

その時、外の気配に気づいたのか、背を向けていた家の扉が勢いよく開かれた。粗末な玄関が壊れるのではないかと思う大きな音に、ニアは小さく悲鳴を上げ振り返った。

「セシリア!!」

叫んだ男の顔は、室内からの逆光になり見えない。ただ高い身長と、それに見合う長い脚がシルエットとなって網膜に焼きつく。

「……え?」

――逃げなくちゃ。でないと……て、しまう。

刹那、ニアの中を駆け抜けた恐怖を言葉で説明するのは難しい。彼女は本能的に後退《あとずさ》った。もし、彼に捕まったら酷いことが起きてしまう。取り返しのつかない悲劇が起こる。

「セシリア……よく、よく無事で……!」

けれどニアが本格的に逃げ出すよりも早く、走り寄って来た男はその腕の中に彼女を閉

じ込め、抱き潰しそうなほどの力で固い胸に押し付けてきた。

「生きていてくれた……っ！」

男の声は、掠《かす》れて震えている。ニアの首すじには、彼の湿った吐息が吹きかけられた。背中に回された手は小刻みに揺れ、押し付けられた胸からはドッドッという心臓の音が、煩いくらいに加速する。

男は、全身全霊でニアを求めていた。

その余裕の無さに抵抗の術を忘れ、ニアは呆然と眼を見開いた。

――この人は、誰？

先ほど吹き荒れた恐慌は薄れ、混乱に支配されてしまう。

だらりと垂れ下がっていたニアの腕は、いつの間にか持ち上がっていた。今まさに男の背へと触れようかという瞬間、鼻腔《びくう》を擽《くすぐ》る香りで現実へと意識は引き戻される。

以前どこかで嗅いだことのある香り。スモーキーでありながら爽やかな、男のもの。

――知っている。私はこの香りをとてもよく知っている。でも、思い出してはいけない――

流れる河の幻影がニアの脳裏を掠め、恐怖を蘇らせた。

「……！　ぃ、やああっ!!」

爆発するかのように感情が溢れ出し、普段ならば考えられないほどの強さでニアは両手を突っ張る。突然の拒絶に男はよろめき、ニアを解放した。

「セシリア……」

酷く傷ついた瞳が、月光の下に浮かび上がった。

夜に相応《ふさわ》しい流れる黒髪、黒曜石《こくようせき》のような切れ長の瞳。高い鼻梁《びりょう》と薄い唇。一見すると冷酷にも見えるが、あまりに整った男の容貌《ようぼう》に、ニアは驚きを隠せなかった。そして何より、その双眸《そうぼう》に宿る熱に絡め取られる。

逸らすことも許されぬまま、二人は月明かりだけを頼りに至近距離で見つめ合った。

「あ……貴方《あなた》、誰？　知らない……私、セシリアなんて名前じゃない……」

なぜ、これほどまでに声が震えてしまうのだろう。膝が笑い、今にも崩れ落ちてしまいそうだ。冷たい汗が、背筋を伝い落ちる。

「セシリア……、私が、分からないのか？」

苦痛に顔を歪めながらも、男の声に歓喜が感じられたのは気のせいだろうか。それに、一瞬複雑な表情を浮かべた彼は、何かを決めかねているようにも見えた。

「あ、貴方なんて知らない！　いったい何なのです？　どなたかとお間違えでは!?」

なけなしの虚勢がニアに大声を張り上げさせる。身を守ろうとする腕は、無意識に胸元を探っていた。

「……間違いなどではない。私は君を迎えにきたんだ」

「……!?」

見も知らぬ男は先ほどよりも落ち着きを取り戻したのか、若干凪《な》いだ瞳でニアを見下ろす。そして迷いつつも再び距離を縮めてきた。

「もう……二度と会うことは叶わないのかと思っていた……生きていてくれて、ありがとう……」

「……っ」

男らしく、きっと普段ならば弱さなど見せないと思われる漆黒《しっこく》の瞳から一筋の涙がこぼれる。思わず、ニアは見惚れてしまった。

いかにも誇り高そうな男性が、人前——それも女の前で無防備に泣くなんて。胸が締め付けられ、込み上げる痛みに混乱する。

こんな表情を見せる人ではなかったと、ありもしない思い出が叫んだ。——常に冷めた眼をして感情を露《あら》わにすることさえ珍しく、理性的で寡黙《かもく》な、自分にも他者にも厳しい、そんな人——

「……すまない。みっともないな」

男は顔を片手で覆い、俯いた。けれど肩が震えるのは抑えられないのか、骨張った手が込められた力により血管を浮き上がらせている。

「あの……」

「嬉しくて、つい」

改めて彼を見つめると、品の良い服を隙なく着こなしているのに、どこか疲れ乱れた印象があった。焦燥《しょうそう》を滲ませた眼窩《がんか》は落ちくぼみ、顔色も悪い。僅かながら身体に添わない肩口は、短期間で急激に痩せたせいだろうか。さすがに無精髭《ぶしょうひげ》は生やされていないけれど、肌には不摂生《ふせっせい》の影響が見てとれる。

「ニア……フェルデン様も、どうぞ中にお入りください」

「お義父さん……」

義父ハンスの声に我に返り、ニアは慌てて男から距離をとった。未婚の女性が、家族でもない異性とこんな時間に語らうのは褒められた行為ではない。

「遅かったね、ニア。心配したよ」

「ごめんなさい。町で知り合いに会ってしまって……お義母さんは？」

「さっきまで起きていたが、今は横になっている」

シワだらけのゴツゴツしたハンスの手で頭を撫でられると、とても安心する。意識的に男を視界から締め出し、ニアは親愛のキスをハンスと交わした。

「お義父さん……あの方はどなた？」

その際、耳打ちするように問いかければ、ハンスは困った顔で眉尻を下げる。

「……それも中で話そう。大丈夫、心配はいらないよ。来たるべき時が、やって来ただけだ。お前は何も憂《うれ》うことはない」

慈《いつく》しみを湛《たた》えたハンスの瞳には、ハッキリと悲しみが横たわっていた。だが理由が分からず、ニアの怯えと戸惑いが加速させられる。

重ねて問おうとした言葉は、喉に引っかかり出てこなかった。背後に感じる男の視線が、ニアの一挙手一投足を見逃すまいと絡みついていたからだ。

どうしてか、ニアはそれが怖かった。心の奥底まで覗き込んでくるような彼の視線の強さに呼吸もままならず、逃げるようにハンスの影に隠れた。老いた義父は手を重ねることで宥めてくれたが、その間も注がれる男の瞳の輝きは弱まるどころか、更に拘束力を増してゆく。

——なぜ、そんな眼をするの……!?

手脚の熱が奪われるのは、恐怖からか緊張からか。たぶん、その両方だ。

ハンスに促され家に入れば、お世辞にも広くはない室内には別の男がもう一人いた。白髪を後ろへ撫でつけた壮年の彼は、フェルデンと呼ばれた男の従者であるのか、壁際に姿勢よく立っている。

「……では、娘も帰ってきたことですし、始めましょうか」

ニアとハンスが並んで座り、簡素なテーブルを挟んで男はニアの真正面に陣取る。その後ろには、影のように付き従うもう一人の男が立った。

「……こちらの主張は先ほどから申し上げている通りです」

身を乗り出す男に対し、ハンスは深い溜め息をついた。

「娘には……ニアには記憶がありません。貴方の仰《おっしゃ》ることを証明する手立てはないと思いますが？」

「それでも彼女は私の妻だ」

話が見えず眼を彷徨《さまよ》わせていたニアは、驚きに固まってしまった。

今、眼前の男は何と言った？　私は彼と結婚していたの――？

「セシリア……！　本当に何も、覚えていないのか？」

男の探る視線が、ハンスに縋りつくニアを強引に引き戻す。

「私……」

「……三ヶ月前、君は私の別宅で部屋の窓から河へ転落したんだ。前日まで降り続いた雨のせいで、河は増水していた。すぐに救助を試みたが、流れは速く、セシリアを見つけることはできなかった……何の手掛かりもなくて……それでも私は諦めきれずに、ずっと……！」

またニアの脳裏に濁った水が溢れる。暴力的に全てを押し流す冷たい流れが思い出され、粟立《あわだ》つ肌は血の気を失った。

「やめ……て」

「生きていると、信じて探し続けてよかった……セシリア、私と共に帰ろう？　もちろん、君を保護してくれたこの方たちには充分な礼を……」

「私、どこにも行かないわっ！」

乱れた感情のまま、ニアは声を荒げる。理屈ではない。理性など及ばぬ場所で、本能が拒否を示した。

深淵《しんえん》に沈めたはずの過去がニアの頬を撫でる。思い出せそうで思い出せないその感覚は、彼女を酷く苦しめた。忘れてしまったのなら、永久に取り戻さなくて構わないのに。

本来であれば、かつての自分を知る人物が現れたことで記憶を取り戻せるかもしれないと喜ぶべきなのだろう。だが、そんな想いは露ほども浮かんでこなかった。

ただひたすらに、この場から逃げ出したい。眼前の男から離れたかった。

「あ、貴方なんて知らない……！　私はセシリアなんて名前じゃないもの！」

「フェルデン様、娘もこう申しておりますし、今夜はどうぞお引き取りいただけませんか？　この子には時間が必要なのです」

ニアは両手で傍のハンスに抱きついた。子供のように喚《わめ》くなどみっともないが、湧き上がる恐怖で淑女としての矜恃など吹き飛ばされる。握り締めた手は、真っ白になって震えていた。

「……駄目だ。君がどんなに否定しようと、私たちが神に認められた夫婦であるのは変えられない。セシリアに関する権利は、私にある」

男のいっそ冷酷で傲慢な物言いにニアは眩暈《めまい》を覚えた。しかもそれを懐かしいと感じている自身に混乱する。

――私は、彼を知っているの……？

しかし、仮にそうだとして何だというのか。何もかも、忘れてしまった。それで不都合など、この数ヶ月なかったのだ。

むしろ思い出そうとする度、防衛本能なのか心が軋《きし》んでしまう。嫌な記憶だったに違いない。そう結論づけて、生きてきた。ハンスやセルマの助けを借り、漸くここまで回復したのだ。

　――今更、引き戻そうとしないで。

　内心の動揺を悟られないよう、浅く呼吸を繰り返してお腹に力を込める。

「お引き取り、ください。一方的に言われても、何も確たる証拠はないではありませんか。どうやって貴方を信じればよいのです？」

　男が嘘を騙《かた》っているとも思えなかったが、素直に首肯《しゅこう》出来る内容でもない。何より、真実を取り戻すことでハンスたちと引き離されるのが嫌だった。

「証拠……？　では、私は君の背中に二つ黒子《ほくろ》が並んでいるのを知っている。それから脚の付け根に、よく見れば分かる程度の薄っすらしたものがあるのも」

「……な……っ!?」

　サラリと述べられた言葉でニアの頬に朱《しゅ》が走った。そんな場所、自分でさえ見たことがない。つまりは確認など出来ないということだ。

「は、恥知らずな……！　そんなの適当な嘘だわっ！」

　益々男に対する評価は下がり、ニアは絶対に従うものかと内心の決意を固めた。

　だが――

「……ニア、フェルデン様の仰ることは本当よ」

「……！　お義母さん……！」

青白い顔のまま隣室から現れたのはセルマだった。結い上げもしていない髪が縺《もつ》れ、やつれた面差《おもざ》しを一層痛ましく強調する。眼の下には隈《くま》が刻まれ、朝よりも体調は更に悪く見えた。

「寝てなきゃ駄目じゃない！」

「大丈夫よ、ニア」

ニアは慌てて駆け寄り支えたが、セルマの骨張った肩は苦しそうに上下している。

「お薬、買ってきたから。すぐに用意するね。さ、早くベッドに戻って」

よく効く薬は高価で、そう簡単には手に入れられない。今日手に入れた申し訳程度の量では大きな効果は期待出来ないかもしれないけれど、きっとセルマを快方に向かわせてくれるに違いない。

「ええ、ありがとうニア。でも、フェルデン様の言葉は真実よ。貴女《あなた》がまだ起き上がれなかった頃、私は世話をしていたから知っているわ」

「お義母さん……」

「お前、それは本当かね」

ハンスの問いにセルマは緩《ゆる》く頷いた。

「ええ。間違いありません。それにあの時、この子の着ていたドレスはあちこち裂けていたけれど立派なものだったもの。お金持ちのお嬢様だと分かっていたわ。」

「では……！」

男がぐっと身を乗り出した。それを正面から受け止めて、セルマは静かに言葉を紡《つむ》ぐ。

「けれど、それならなぜあんな事態に陥ったのです？　高貴な女性が河に流され死にかかるなど、尋常なことではありませんわ。納得出来るご説明をいただかなければ、大切なこの子を送り出すなどできません。ニアは血の繋がりはなくとも、私たちのたった一人の娘なのですから」

病人とはとても思えぬ毅然《きぜん》としたセルマの口調は、勢いこんだ男を黙らせる。ハンスは妻をベッドに戻すのは不可能と判じたのか、彼女を椅子に座らせた。

「寒くはないかね？」

「平気よ、貴方。娘の一大事に横になってなどいられないわ」

そうは言いつつも、やはり乱れがちな呼吸から辛そうなのは透けて見える。ニアは素早く膝掛けを用意した。

「ありがとう、ニア。……フェルデン様、ご覧の通りこの子は心優しく気遣いのできる娘です。それに行動力はあっても、慎重さも持ち合わせております。つまり、豪雨で水量の増した河に落ちるような迂闊《うかつ》な真似は致しません。きっと何か事情があったはずなのです。貴方はご存知なのではなくて？」

「それは……」

「語れない事情がおありなのかしら？　それとも妻とは名ばかりの関係で、この子のことは何も知らなかったのでしょうか？」

返答次第では、決して譲らない――そんな決意がセルマの言葉からははっきり滲み出ていた。誤魔化しは不利と悟った男は、深く息を吐く。そしてニアを見つめた。

「……事故、だったんだ。私がそこに辿《たど》り着いた時にはもう……セシリアの身体は、窓から落ちる寸前だった。……必死に手を伸ばしたけれど、届かなかった。――たぶん、足を滑らせたのだと思う。なぜそうなったのかは、確かめようもない」

後悔の滲む声に、ニアの中で何かが揺れる。

セルマの問いに答える体裁を取りながらも、男の視線が捉えているのはニア一人だ。真摯《しんし》に、想いの込められた言の葉が、堅く閉ざされたニアの心へ染み込む。語りかける男の真剣さが、これ以上眼を逸らし逃げることを許さなかった。

「わ、私――」

呼吸もままならないニアを庇うようにセルマが続ける。

「そんなご説明では納得いたしかねます。だって、何らかの危害がこの子に加えられたかもしれないではないですか！　私たちが知りたいのは、貴方が本当にこの子を大切に守ってくれるのかということです。傷ついた娘が、ちゃんと幸せをつかめるのかということだけが、心配で仕方ないのです……!!」

絞り出されるセルマの叫びが、粗末な部屋に響いた。だが、男の双眸の強さは弱まるどころか圧力を増してニアを捉え続ける。セルマの手を握るニアの手は小刻みな震えを抑えきれなかった。

「……あなた方の懸念は尤《もっと》もだと思う。けれど、信じて欲しいとしか言いようがない。彼女を知る者を連れて来て、私の言葉を証明するのは可能だが、今のセシリアにそれは酷な気がする」

「い、いや……っ」

知らない人間、それも上流階級の者たちに品定めよろしく取り囲まれるなど、悪夢以外の何ものでもない。想像しただけで、背筋が凍える。

「だから暫《しばら》くは王都にある屋敷ではなく、自然の多い別邸で心穏やかに暮らして欲しい。記憶が戻るまで、いつまででも不自由なく暮らせるように手配する。約束する」

「私……貴方と行くつもりはありません……！」

反射的に零れた言葉の影響にニアは慄《おのの》いた。

なぜなら男の顔が、この上なく悲痛に歪んだからだ。男性的な意志の強そうな眉が顰《ひそ》められ、薄い唇が色を失くす。

「君を愛しているんだ……セシリア！」

紳士の仮面をかなぐり捨てた男の叫びに、ニアの鼓動が跳ねた。

剝き出しの愛の言葉で絡め取られ、戸惑いながらも喜んでいる自分に気づく。

黒曜石の瞳に射貫かれて指先まで熱くなり、鼻の奥がツンと痛んだ。ニアの預かり知らぬ心の奥底には、確かに歓喜に震える自分がいる。

「君の本当の名前はセシリア・フォン・フェルデン。フェルデン子爵の一人娘だ。けれど、その子爵はもう亡くなった……この国では女性に爵位の相続権はないから、家を守るには養子を迎えるか結婚するしかない。そして君は後者を選んだ……私はアレクセイ。君の夫だ。今は私がフェルデン子爵を名乗っている」

一言ずつ、噛み締めるように紡がれた意味に眩暈がした。それはまるで他人事のようで、現実味などまるでない。自分が貴族の一員であるなど、実感が湧かなかった。それなのに、妙に違和感がなく『セシリア』という名はしっくり馴染む。ハンスとセルマが付けてくれた、気に入っていたはずの『ニア』の響きも色褪《いろあ》せるほど。

そう感じてしまったことに困惑し、ニアは——セシリアは無意識に胸元を探っていた。

「……ひょっとして、これを探しているのか？」

そんな仕草を見逃さなかったアレクセイは、懐から何かを取り出し、セシリアの目の前に置いた。

それは繊細な刺繍が施された布が張られた細長い箱で、鑑賞に価《あたい》するほど美しい。思わず見惚れていると、彼の長く節くれだった指により、箱は恭《うやうや》しく開かれた。

「……？」

「君のものだ。……尤も、これも記憶にはないかもしれないが」

アレクセイは寂し気に呟きつつ、開かれた箱の中から細い鎖を大切そうにセシリアへと差し出す。シャラリとした軽やかな金属音と共に、それはセシリアの手の平へと移動した。

「これは……」

最初に感じたのは冷たさ。その次に本物だけが持つしっかりとした重みが、質の高さを伝えて来る。模造品ではない輝きが魅惑的に煌めき、女心を魅了した。品の良い深紅の石を中央に、照りの良いダイヤモンドが飾られているペンダント。大き過ぎず、セシリアの手に馴染《なじ》む。

懐かしい――と心がざわめいた。

「覚えているのか？」

微かなセシリアの変化を感じ取ったのか、アレクセイの声に喜色が浮かんだ。期待に満ちた瞳が注がれる。けれど素直に問いに答えるならば、『いいえ』しか用意できない。

それでも奥底では、ペンダントが首にかかる感触をセシリアは思い描いていた。初めは冷えた違和感も、その後体温と同じ温もりを纏うのも。あまりに生々しくて、それが空想とは思えないほど具体的に胸に迫る。

「知りません――」

そう言いつつも、言葉にできない感情が溢れ出て、これは自分のものだと主張してしまいたくなる。その衝動を抑える為に、セシリアは慌ててペンダントを箱に戻そうとした。

「こんな高そうなもの、見覚えはありません。どうか、お帰りになって――」

「これは私が君に贈ったものだ。君は他には装飾品など好まなかったけれど、これだけは気に入ってくれたのか、あの日も変わらずしてくれていて……そしてセシリアと共に行方不明になった。だが、十日ほど前に売りに出されていると偶然知ったんだ。このペンダン

トは特別に私が作らせたもので、台座の裏にはよく見ると刻印がされている。A to C
……アレクセイからセシリアへ。同じものなど二つとない。所有していた男に聞けば、河の下流で拾ったのだと言う。そこはセシリアが濁流に飲まれた後、捜索した場所よりずっと北な上、細い支流の先だった。ならば、君自身も同じ方向に流された可能性があると……探して探して……ここに辿り着いた」

言葉通り裏返されたペンダントには極小さな刻印がされていた。よく見なければ分からない。そうと知らなければ、気づくことはないだろう。

「もし、これが私たちを再び引き合わせてくれたのなら……とても嬉しい」

セシリアの中に、甘い痛みが広がってゆく。

指先は無意識に傷に似たAの文字をなぞっていた。血のように赤いルビー。けれど禍々《まがまが》しさは感じられず、むしろ瑞々しい生命力を孕《はら》んでいるように見える。

「……申し訳ありません……私は何も、覚えていません……」

「ではなぜ、泣いている？」

「え？」

アレクセイに指摘され、セシリアは初めて頬を濡らす滴《しずく》に気がついた。それは止まることを知らず、後から後から溢れ出てくる。

「こ、これは……」

「お願いだ、セシリア……私のもとへ戻って欲しい。もう絶対に君を悲しませる真似はしない。神に誓って、生涯君に尽くす。セシリアだけを見つめ、君の為だけに生きる」

——それはかつて、私が悲しむようなことを貴方はしたの？

生まれた疑念が男の手を取るのを躊躇《ためら》わせた。それなのに、根拠もなく信じたいという想いが募るのを止められない。

矛盾する心に引き裂かれ混乱して、セシリアは身動きも出来ず次から次へと奥から込み上げる熱に耐えた。

何が正しいのか、何を選択すべきか、混沌《こんとん》としていて目の前さえ判然《はんぜん》としない。これまでも記憶がないせいで不安はあった。けれど、それ以上に全て失ったことでホッとしていた。

——これでもう、悩まされることはない——と。でも何に？　以前の自分は、何に深い苦悩を抱いていたのか。

「セシリアが傍にいないと、生きられないのだと……この三ヶ月で思い知った。どうか、もう一度だけやり直す機会を私に与えてくれないか」

放っておけば床にひれ伏しそうなほど形振《なりふ》り構わない懇願をぶつけられ、セシリアは動揺から呼吸も忘れた。まともな思考など、何も浮かばない。単純に今この場を逃げ出したいとしか思えない。行先などあるはずもないのに、アレクセイの視界に入ることが怖い。そして引き込まれる己を認めたくない。

「……っ!!」

椅子を蹴倒す勢いで立ち上がったセシリアを止めたのは、意外にもセルマだった。骨張った瘦せた手が、震えの止まらないセシリアの背中に触れた。

「ニア……いいえ、セシリア……フェルデン様と共にお行きなさい」

「お義母さん……!?」

耳を疑ったセシリアはもちろん、ハンスも愕然とした表情を向けている。聞き間違いであってくれればと、じっとセルマを見つめたが、静謐な表情は望む言葉を返してはくれなかった。ただとても穏やかに見返してくる。

「貴女の本当の居場所はここではないわ……正しい形に、戻る時がきたのよ」

「そん、な……お義母さんっ、私が邪魔になったの!? 役に立たないから？ それなら、もっと頑張るから……そんなこと言わないで……っ!!」

堪《こら》えようとしていた涙が一層溢れ出す。視界が霞《かす》んで、上手く像が結べない。セシリアは必死に手探りでセルマに縋り付き、強く手を握った。

「違うわ、セシリア……でもね、ここにいても貴女は幸せにはなれないと思う。この家がお世辞にも裕福とは言えないのは知っているでしょう？ それに私たちはもう良い歳だわ。この先何年一緒にいてあげられるのかは、分からないもの……」

シワだらけのセルマの手がセシリアの頰を撫でる。渇いた感触が、涙を拭ってくれた。

「貴女はまだ若い。こんな年寄りに付き合って、田舎で朽ちる必要はないのよ？ あるべき場所にお戻りなさい」

「い、嫌よ！ お義父さんも何か言って……！」

「いや、確かにセルマの言う通りだ。お前に相応しい生き方に帰った方がいいのかもしれない」

「そんな……!!」

最後の望みをかけ振り返った先には、沈痛な面持ちのハンスが項垂《うなだ》れていた。小さな眼が潤み、充血している。それでも、確固とした意思が感じられた。

「でもこれだけは忘れないで。私たちは離れていても、貴女を愛しているわ……」

「ああ、そうだ。今までありがとう。短い間ではあったけれど、娘がいるという幸福を味わわせてくれて」

「待って……！　私は二人の傍から離れるつもりはないの……！　セシリアなんて呼ばないで。今までと同じにニアって呼んでよ……！」

確かに楽な暮らしではなかったかもしれない。どう見ても労働などしたことのないセシリアの手には、重い荷物も冷たい風も厳しいもので、肌はあっという間に荒れてしまった。それでも——充実した日々には喜びしかなかったのに。

呆然と立ち尽くすセシリアの肩に背後から大きな手が乗せられた。ハンスのものとは違う、温かく少し硬いその感触は、胸をざわめかせる力を持っている。そのまま抱き寄せられ、背中にアレクセイの体温を感じ、奥で刻まれる彼の鼓動を聞いた。

外で抱き締められた時と同じ匂いと熱に包まれて、セシリアは引きずられるように過去との距離が縮まるのが分かった。

それは決して歓迎するものではなく、むしろ忌避《きひ》すべき代物《しろもの》だ。なのに一度捕まれば甘美な毒に冒《おか》され、もう逃げられない予感がしている。

「セシリア、私は彼らと君を永遠に引き離すつもりなどないよ。むしろ、愛しい妻を助けてくれた恩人なのだから、でき得る限りの援助をする準備がある」

「……ぁ」

誘惑は常に甘い。けれどそれは禁断の果実だ。

もしセシリアがここに残りたいと泣き縋って懇願すれば、ハンスもセルマも最終的には折れてくれる気がする。そうなれば、いくら夫を名乗り権利を主張しても、全てアレクセイの思い通りとはいかないだろう。だが、その後は？

セルマにはちゃんとした治療が必要だ。それには沢山のお金がかかる。ハンスががむしゃらに働いても、家族三人が慎《つつ》ましく暮らすだけで精いっぱい。セシリアのできることなど高が知れているし、それにハンス自身の腰も、一度医者に診せたかった。

「二人を……助けてくれるのですか……？」

打算に塗《まみ》れた自分は、きっと醜い顔を晒《さら》している。それでも大切な義両親の役に立てるならば、お金の為に我が身を売るなど、大したことではないと思った。

「……もちろん。セシリアが帰ってきてくれるならば、君の願いは何でも叶える」

肩に回された腕が、急に重くなった気がする。のし掛かられた訳でもないのに胸が苦しくて、いくら喘《あえ》いでも上手く呼吸ができない。

セシリアは目蓋《まぶた》を閉じた。

「……フェルデン様、貴方と共に参ります」

セシリアは振り返り、しっかり彼を見つめ返した。その黒い瞳の奥に、欠片でも真実がありはしないかと探したが、望洋《ぼうよう》とした闇が広がるばかりでセシリアには窺い知れない。

「……ありがとう、セシリア。もう一度、最初から始めよう……」

アレクセイの笑顔には苦いものが混じっていた。それは脅迫めいた取引をちらつかせたせいなのか、それとも——

どうしてかセシリアは、交わしてはならない契約書にサインしてしまった気がしてならなかった。

2. 夕暮れの約束

ハンスとセルマに別れを告げた後、約半日馬車に揺られてセシリアはアレクセイの屋敷に到着した。昨晩はほとんど眠れなかったために身体が辛い。結局話が纏まった時刻はかなり遅く、一晩だけハンスの家に滞在して、翌朝早い時間に出発し今に至る。

数日前とは打って変わった明るい空が、欠伸《あくび》を噛み殺すセシリアの眼を容赦なく射った。頭の芯には鈍い痛みが居座っている。

「今日からここが君の部屋になる」

高台に堂々と建つ屋敷は大きく、広大な敷地と手入れの行き届いた庭園に取り囲まれている。建物は綺麗に整えられているが随分古いようで、所々昔の様式がみとめられた。だがそれも絶妙な加減で風景に溶け合い、重厚感を成している。避暑や休養を目的としているためか辺りは自然が豊富で、静寂に包まれていた。内装は豪華さよりも安らぎが重視されており、好感が持てる。セシリアがアレクセイに案内された部屋は隅々まで清潔に整えられ、品の良い家具が取り揃えられた落ち着いた雰囲気だった。

華美ではないけれど細部までこだわった意匠がそこかしこにちりばめられている。ワインレッドを基調にしたソファーやカーテンは、セシリアの趣味によく合っていた。目映く輝くシャンデリアは優美な曲線を描いており、飾られた絵画は穏やかな異国の風景のもの。窓からの景色は自慢の庭園を一望でき、更にその奥に広がる森の緑も眼に優しい。澄んだ風が吹き抜ける心地のいい明るい場所。だが――

「ここは……客間なのではないですか？」

記憶は戻らないはずなのに、浮かんだ疑問が口をついた。アレクセイの弁を信じるならば、セシリアは屋敷の女主人であったはずだ。それならば主であるアレクセイの主寝室に隣接しているか同じ部屋なのが当然。邸内で一番目か二番目に良い位置にあるのが当たり前ではないのか。

それなのに、今通されたここはとてもそうは思えない。まず、階が低いし広さが足りない気がする。ベッドも大きいけれど、二人で眠るには狭い。もちろんセシリアにとっては充分お釣りがくる位の勿体なさなのだが、僅かに残る『貴族の常識』が首をもたげ違和感を叫んだ。

そして妻専用の寝室ならばあって然《しか》るべき続きの間がない。つまり、夫であるアレクセイの部屋へ通じる扉が見当たらなかった。

「そうだよ。今の君にとって、私は他人も同然だ。妻の許しもなく寝室に押し入るような真似はしないけれど、同じベッドで眠ったり、いつ開かれるか分からない扉があったりしてはセシリアも落ち着かないだろう？　だから、以前使っていたのとは別の部屋を用意したんだ」

「そうですか……」

セシリアが歯切れの悪い反応を返してしまったのは、アレクセイの言葉に微かな嘘を感じ取ってしまったからだ。いや、大半は真実だと思う。だがそれ以上に、何かを隠されている気がしてならない。

本質には触れず、それとなく眼を晦《くら》ませられているような不信感。それはこの件に関してだけではなく、彼に会ってからずっと感じている引っ掛かりなのだが、具体的に何なのかはセシリア自身にもよく分からなかった。

「ひょっとして、夫婦の寝室の方がよかったかい？」

「……っ、ち、違います！　そういう意味ではありません！」

「はは、冗談だよ。……でも、そんなに力いっぱい否定されるとさすがに傷つくな」

心持ち翳《かげ》ったアレクセイの声音に、セシリアは慌てて彼の顔を振り仰《あお》いだ。脚が長く背の高い彼に近くに立たれると見上げる形になってしまう。

「あの……その、貴方の仰るように私たちが結婚していたのならば、それが自然なことなのでしょうけれど、まだ実感が湧かないというか……心構えができないというか……」

セシリアとて、ある程度の覚悟はしてきた。夫婦であるならば、共に暮らすというのは夜の生活も含まれて当然だ。ましてフェルデン子爵家に後継ぎたる子供がまだいないとすれば、妻としての最大の義務は果たされていないことになる。

だが、実際には怖くて仕方なかった。アレクセイとの間にどんな時間が積み重ねられていたのかは知らない。それでも結婚までしていた自分が未だ無垢な乙女であるはずもなく、記憶にはなくともこの身体は彼を知っている。求められれば妻の務めとして、夫に逆らう術《すべ》はない。

だから、寝室は別と聞いて内心は非常に安堵していた。この先ずっと拒むことはできなくとも、アレクセイがセシリアに時間を与えようとしてくれていることには感謝したい。セシリアにはまだ、彼を好きとも嫌いとも感じられる根拠は持てなかったから。

「分かっているよ。セシリアが本当に私を受け入れてくれるまで、不用意に触れたりしない」

アレクセイの優しい笑みには不快感は滲んでおらず、セシリアはほっと息をついた。怒らせてしまったかと焦ったが、その心配はなかったらしい。穏やかに凪いだ黒曜石の瞳に癒される気がして、そっと下から盗み見る。同じ黒でも、光の加減によって随分印象がかわるのが不思議な心地がする。

昨晩、抱き締められた時に見た彼の瞳は、夜を纏い、暗闇こそが相応しく思えたが、今明るい陽光の中で見ると青や銀の複雑な色味を孕む魅惑的な色彩だと気づいた。安定感と危うさが絶妙な均衡を保っている。純粋に、綺麗だと思った。

「どうした？　私の顔に何か付いているのかい？　そんなに見つめられたら、誘われているのかと誤解してしまうよ」

アレクセイの悪戯《いたずら》に上がった口角がいやに艶めかしく、セシリアは耳まで赤くなってしまう。それを見て、彼は更に笑みを深くした。そんな柔らかな雰囲気に後押しされ、緊張を解《ほぐ》されたセシリアからは燻《くすぶ》る疑念が口をついた。

「そんな、からかわないでください……！　そうではなくて……もしかして、私はその部屋……元々の寝室から河へ落ちたのですか？」

「……っ！」

セシリアが河に落下して流されたのであれば、それはフェルデン家が所有する王都の本邸ではあり得ない。首都の真ん中にそんな河は流れていないことくらいはセシリアだって知っている。

対して、別邸であるこちらが見晴らしのいい高台に建ち、その下を河が流れているのは既に確認済みだ。馬車が到着した位置からは眼に入らぬよう巧妙《こうみょう》に避けられていたけれど、水音までは誤魔化せないし、独特な湿った匂いを感じる。今いる部屋からは真逆にあって見えないが、裏側に位置する部屋からは美しい渓谷《けいこく》が望めるに違いない。そしてたぶん、その部屋こそが主の寝室。

頭の中に広がる河の光景は、おそらく過去にセシリアが実際に目にしたもの。どこか懐かしさを感じる屋敷に、セシリアの記憶が刺激される。

「……君に隠し事はできないな……」

溜め息混じりに顔を伏せられ、セシリアはそれが答えだと知った。

「あの部屋は今は使っていない。セシリアにとっては、いい思い出ばかりじゃないだろうから。ここでは不自由かい？　足りないものがあれば言ってくれ。何でも用意する」

「いいえ、お気持ちだけで充分です。ここだって恵まれ過ぎているくらいだわ……」

むしろ無駄に広かったりしては、身の置き所がなかっただろう。それに直接河が見えない環境は、水が怖いセシリアにとってありがたい。素直にアレクセイの気配りに感謝してセシリアは息をついた。昨晩からの疲れが蓄積していて身体の節々が痛み、正直なところ一刻も早く横になりたい。ハンスの家で過ごす最後の夜は、全く眠れなかったのだから。

「あの、私は貴方を何とお呼びすれば？」

「……っ」

旦那様？　それともアレクセイ様？　セシリアにしてみれば単純な疑問だったが、それは想像以上に彼を傷つけたらしい。痛みを堪える顔をした後、閉じられた目蓋は微かに震えていた。

「……本当に、忘れてしまったんだね。分かっているつもりなのに、すまない。少し動揺してしまった。……以前の君は、アレク様と呼んでくれていたよ」

「アレク様……」

アレクセイは落胆を隠そうとしてくれていたが、影が落ちた痛々しい微笑では成功したとは到底言えない。申し訳なく思うけれど、謝罪するのは尚更失礼な気がする。忘れてしまったのは紛《まぎ》れもなく事実なのだし、上辺だけの弁解など彼も聞きたくはないだろう。

「アレク様」と、口の中で呼び名の響きを転がして、懐かしさの欠片も甦らない自分が悲しい。一縷《いちる》の望みをかけ噛みしめるように繰り返しても、脳裏には思い出に繋がるものが何一つ見つからなかった。自分の名前や、屋敷の間取りについては微かながら覚えているとがあるのに、なぜかアレクセイに関することだけは微塵《みじん》も残っていない。まるで最初から存在しなかったとでも言うように根こそぎ消え失せている。それはまるで『なかったこと』にしたい心の働きにも思えた。

「そうですか……。分かりました、アレク様。これからご迷惑をおかけすると思いますが、どうぞ宜しくお願い致します」

「そんな他人行儀な……！　ここは君の家でもあるのだから！」

そうアレクセイは言ってくれたが、セシリアに実感は全く湧かなかった。

それに立て続けに起こった状況の変化で、身体はもちろんだが、それ以上に精神が疲れ果てている。特に道中狭い車内の中、アレクセイと二人きりで向かい合った気まずさは相当なもので、あれこれ会話を振られても弾むものにはなり得るはずがない。時間が経つうちに沈黙が増え、最終的には互いに押し黙る事態となってしまった。

おそらく、アレクセイも饒舌《じょうぜつ》な方ではないのだと思う。

いずれは慣れるものなのかと期待しても、心理的な壁が立ちはだかり、自分から距離を縮める気には到底なれない。そんなセシリアの胸中に気づいているのか、アレクセイもセシリアを扱いかねているらしく、窺う視線が常に注がれている。

気まずいものを抱えたまま、セシリアは胸元を探りそうな手を慌てて諫めた。彼から返されたペンダントは今、首にかけられている。もちろん、アレクセイから強い希望あってのことだ。

「エリザ、こちらに」

部屋の隅に控えていた小柄なメイドがアレクセイに呼ばれ、頬を紅潮させて近寄ってきた。まだ少女とも言える若い娘は、純朴そうな丸い眼を輝かせている。癖の強い赤茶の髪とそばかすの散った肌が印象的な、コマネズミのような少女。

「彼女がセシリア専属のメイドになるエリザだ。まだ経験は浅いけれど、よく気のつく働き者だ。きっと君のよき話し相手にもなってくれるよ」

「は、初めまして！　奥様！　至らないところも多々あると思いますが、どうぞ宜しくお願い申し上げます！」

「……？　宜しくね、エリザ」

一瞬の戸惑いは、かつてセシリアがこの屋敷に滞在していたならば、その時のメイドが専属でいるはずだと思ったからだ。なぜ、わざわざ物慣れない新人を配置するのだろう。

「精いっぱいお仕え致します！」

だが、浮かんだ訝《いぶか》しさは、エリザの溌剌《はつらつ》とした笑顔に掻き消されてしまった。セシリアよりも幾つか年下と思われる彼女は元気いっぱいで、見ているとこちらまで気分が上向いてくる。ガチガチに強張っていた気持ちを和らげてくれ、自然と表情も柔らかなものとなる。

　実際、一週間を共に過ごしてみて分かったが、彼女はよく動き回る申し分ないメイドだった。アレクセイの言う通り優秀なのだろう。どこか憎めない愛らしさにセシリアも自然に心を許し、不安しかなかったこの場所での暮らしが随分慰められたのは事実だ。慣れてくれれば女同士の気の置けない会話も楽しい。

　そして話題の中心は、大抵アレクセイに関する事だ。

「私、旦那様のあんな柔らかなお顔、初めて拝見しました！」

　セシリアの髪を梳《す》きながら、エリザは頬を紅潮させた。

「またその話？」

「だって、とても驚いてしまったんです」

　笑いながら鏡ごしに応えれば、ブラシを振り上げんばかりにエリザが力説する。

「正直申し上げて、セシリア様がいらっしゃるまで旦那様の笑顔など想像もできませんでした。いつも、厳しいお顔をなさっていらっしゃいましたもの。まぁ、メイドの間では、それが素敵だともっぱらの噂で、だけど私は怖いなって……あ！　変な事を申し上げてすみません！」

　喋り過ぎたと気づいたのか、慌ててエリザは口を押さえる。

「大丈夫よ。……それより、あの方はそんなに……？」

　取り繕《つくろ》った無表情で接されるよりも、エリザの態度は好ましく、セシリアは苦笑する。

その時、仮面の様な同じ顔を自分に向けるメイド達の幻影を見た気がした。

だがそれは一瞬で、すぐに掻き消えてしまう。捉えたと思った記憶がすぐに霧散してしまうのはいつもの事だが、慣れるには程遠い。

「……」

ざらりとした気分を振り払いつつ、自分の抱いた印象はやはり正しかったのだとセシリアは思った。アレクセイのセシリアへ向けられる視線は愛情に満ちているが、その奥には隠しきれない重い何かが横たわっている。そしてふとした瞬間に、暗い瞳で思いつめたような表情をしていることがあるのだ。そんな時は、とても声をかけられる雰囲気ではない
「旦那様はご自身にも他者にも厳しいお方です。ですが、古い方からはミスを許さない怖いお人だと聞かされています。お仕事でも、冷静で無駄を嫌うとか……実際、失敗を重ねた部下を冷酷に切り捨てたのは一度や二度ではないらしいです。私もたまたま眼にした事がありますし……そんな方が奥様には甘やかに接するんですもの！　それだけ愛されている証拠です！」

「……」

セシリアは曖昧《あいまい》に微笑んだ。返すべき言葉が思いつかない。うっとりと潤んだエリザの瞳は夢見心地だ。少女の淡い幻想を壊したくはない。

だが、アレクセイにはセシリアに見せない冷ややかな面があり、それこそが彼の本質なのではないか――

――そうでなければ困る。でないと自分は、また過ちを犯してしまう――

「……奥様？」

「……え？」

不安気に覗き込むエリザの瞳とかち合って、セシリアは肩を強張らせた。何度も呼びかけられているのに気がつかなかったらしい。

「どうされましたか？　お気分でも？」

「あ、いいえ。違うのよ。少しぼんやりしてしまっただけ……」

手を振って誤魔化したが、エリザは心配そうに眼を眇めた。

「本当よ。ごめんなさい。ねぇ、それよりも別のお話を聞かせてくれない？　たとえば、今王都では何が流行っているのかしら？」

特別興味があった訳ではないが、セシリアが話題を振れば、年若い娘は眼を輝かせて新しく出来たレースの店について語り出した。

話の内容はともかく、エリザを見ていると飽きない。

彼女のお陰でこの屋敷が、セシリアにとって「落ち着ける家」と呼ぶに相応しい場所に変わるのも、そう時間はかからなかった。

＊　＊　＊

『馬鹿馬鹿しい。愛や恋で、いったい何が救えると言うんだ？　大事なのは結局、身分と金なのさ』

扉をノックしようとしていたセシリアの手は凍りついた。

妻として、アレクセイの客人をもてなそうとしたが、余計なお世話だったらしい。どうにも自分は間が悪い。

セシリアは俯いたまま踵を返した。今のは聞いてはいけないもの。知らない振りをしていれば、表面上は幸せな夫婦でいられる。彼はいつだってセシリアに優しい。その真意はどうであれ――

――これ以上、何を望むの？　充分大切に扱って貰えているじゃない。それで満足しなければ、罰《ばち》が当たるわ。

何歩も進まないうちに鋭い痛みが胸を裂く。息が乱れて、身体は気怠《けだる》さに支配された。最近、どうしてか不調が続いている。おそらくは、心理的な部分が理由の大半を占めている。

セシリアは胸を押さえながら、壁に寄りかかって溜め息を吐き出した。

貴族の政略結婚なんて、こんなもの。それでも自分は恵まれている方だ。彼はセシリアを救ってくれたじゃないか。

そう、思うのに。

――なぜ、涙が止まらないのかしら。

セシリアが目覚めた瞬間、直前まで見ていた夢は失われていた。もう欠片さえ覚えてはいない。けれど頰に残る滴と胸の痛みが、その夢が喜びに満ちたものではなかった事を証明している。

いつの間に眠ってしまったのか、読みかけの本は閉じられてテーブルに置かれていた。

「私どうして泣いているの……？」

問いかけたところで、答えを知るはずの自分は空っぽで、それが無性に悲しい。

セシリアがこの屋敷に移り住んでから約一ヶ月。その間、アレクセイの顔を見た回数は片手の指で足りる。王都での仕事を抱える彼は滅多にここへはやって来ないし、来ても慌ただしく帰ってゆく。

アレクセイは主に紡績《ぼうせき》で財を成し、今では海外との貿易まで手広く展開しているとのことだ。そのうえフェルデン子爵の担っていた事業を継ぎ、王都で扱われる薬品関係を一手に収めているというのだから、その多忙さは推して知るべしだ。他の使用人に聞いたところ、この数年休みなど滅多にとることはなかったそうなので、頻度としてはそれでも多いと言えるのかもしれない。

そして、その間の空白を埋めるように届くプレゼントの数々。ドレスや花、絵画など多岐に渡るが、どれも高価なことが一目で分かる品々。アレクセイの訪れがない日にはそれらが惜しげもなくセシリア宛に届けられる。エリザの語ったレースの店で作られたハンカチーフだった時もあった。

　ちなみに今日は今王都で一番人気があるという店の焼き菓子だった。添えられたカードには、アレクセイの流麗な文字でセシリアへの愛が綴られている。

『君に会えない一日は長過ぎる』

　情熱的でありながら軽々しくもない言葉。それは、もう何十、何百と溜まっただろう。降り積もるように、押し付けがましくもなく、繰り返し囁かれる。

　セシリアだって嬉しくない訳ではないけれど、戸惑いの方が大きく「ありがとうございます」という品物に対する礼以外返せた試しはない。それはアレクセイも当然気づいている。それでも変わらず与えられる贈り物と慈しみの言葉。何よりセシリアを驚かせたのは、選ばれた品々がどれも自分の趣味に合っていることだ。好みの色、好きな味。それはセシリアをよく知っていなければ、到底分からない。

　――多忙な彼が自ら選んでいるとは思えないけれど……このペンダントも、私が好きな赤。アレク様はちゃんと私を見てくれている？　もしそうなら――

　触れた胸元の、輝く石の感触に安堵する。

　アレクセイはほんの僅かな時間をセシリアと過ごす為に遠路はるばる馬車を飛ばして来るのだとエリザは羨ましげに語った。「奥様が羨ましいです」と純粋に憧れを宿す瞳を前にして、それを聞いた時のセシリアの胸中は複雑だった。どうしてそこまで、という気持ちとむず痒い様な疼きが湧き上がる。だがそれを他者に説明するのは難しい。手放しで喜んでいいのか、そうでないのか、自分でも分からなかったから。

表面上は至極順調に新しい生活に馴染んでゆく。望めばいつでもハンスとセルマには会えると保証されたし、約束通りアレクセイは二人に援助をしてくれているらしい。昨日届いた手紙には、薬がよく効いてセルマは毎朝起き上がれるまでになったとあり、ハンスも腰の痛みが随分和らいだとかで、文面からはセシリアとアレクセイへの感謝が溢れていた。そのうえ、家の改修工事まで行われ、長年悩まされた隙間風もなくなったらしい。

自分は何もしていないのに――と思わなくもないけれど、頻《しき》りに恐縮しつつセシリアの心配ばかりしている変わらぬ二人には笑みがこぼれる。相変わらず心配性のお人好しだ。元気そうな二人に思いを馳せ、セシリアはぼんやりと庭を眺めた。

ここではすることがほとんどない。

女主人として、本来ならば采配《さいはい》を振るわねばならないのかもしれないが、屋敷の使用人は皆優秀でセシリアが何もしなくとも日々円滑に回っている。かといって、セシリアを軽んじることもない。きちんと敬意を払いながら、自由にさせてくれている。どうやら全てはアレクセイの心遣いによるものらしい。そして最近知ったことだが、彼らはほぼ全員が新たに雇い入れられた者たちだった。

古くから仕える者は執事のセバスを除き一人もいない。セバスはセシリアを迎えに来た際にアレクセイが伴っていた男性だ。

こんな大きな屋敷で今まで使用人が一人もいなかったなどあり得ないから、彼以外をすべて入れ替えたということになる。奇妙な話だ。その理由を問おうとも思ったが、過去の記憶を持たないセシリアは遠慮があってできなかった。というよりも、確認することへの強い抵抗感がある。それはアレクセイの呼び名を聞いてしまった時の気まずさが少なからず影響していた。

何か違和感を感じる。しかしその正体は判然としない。敢えて彼から語られないことに、深い意味があるのだろうか。知りたいのに、知るのが怖い――

モヤモヤとしたものを抱えつつ、セシリアの毎日は過ぎてゆく。そして何も思い出せない現実は相変わらず。それを申し訳なくも思うし、このままでいいような気もしている。それにしても何が自分の過去にあったのかは知らないが、仮にも夫であった人に恐怖を感じるなどあり得るのだろうか。そして厄介にも、その更に奥にある甘やかな感情に惑わされ、自分の気持ちを益々見失ってしまう。

アレクセイへ抱く感情は複雑過ぎて、今のセシリアには消化しきれなかった。

「奥様、旦那様がいらっしゃいました」

溌剌としたエリザの声に振り返れば、既にもうアレクセイが室内に脚を踏み入れるところだった。白いシャツに深緑のベストが、禁欲的な装いの中に艶を加えている。ピカピカに磨き上げられた革靴が小気味のいい音を奏でた。

「ご、ごめんなさい……！　お出迎えもしないで……！」

「構わないよ。突然来たのはこちらだからね。どうしてもセシリアに会いたくなってしまった」

慌てて立ち上がったセシリアをアレクセイは手で制した。漏れ出る甘さを隠そうともせず、彼はセシリアの手にキスをする。紳士然としつつも上目遣いで微笑まれ、頬が上気するのを感じた。彼の長い指が離れる瞬間、名残惜しげにセシリアの爪を愛撫する。

「きょ、今日は贈り物が届いたので、てっきりいらっしゃらない日かと……」

「そのつもりだったのだけれどね、思ったよりも早く仕事が終わって、時間ができたんだ」

「空いた時間ならば、ご自分のためにお使いになればよろしいのに」

セシリアには想像しかできないが、会社の経営というのは激務なのだろう。アレクセイはとても疲れて見えた。それでも、ひと月前より顔色はよくなっているようだ。あの頃は、病人のような余裕のなさが顕著だったから。

「一瞬でも早く会いたかったのは、私だけかな……？」

寂しそうなアレクセイの呟きに、セシリアは慌てて頭を振った。会いたかったかどうか、それは複雑過ぎて上手く答えられない。それでも、彼を悲しませたくないという想いも湧いてくるのだ。

誠実に向き合おうとしている相手を拒絶し続ける強さも傲慢さも、セシリアは持ち合わせていなかった。

「い、いいえ。お帰りなさいませ」

「……ただいま、セシリア」

握られた感触の残る手が熱くて仕方ない。近過ぎる距離に眩暈がする。不意にアレクセイが身を屈め、吐息がセシリアの耳を擽った。

「その服……、先日贈ったものだね。それからイヤリングも……身に着けてくれて嬉しいよ。思った通りよく似合っている」

その言葉で、セシリアはこれまでの服や装飾品の贈り物は全てアレクセイ自らが選んだものなのだと悟った。多忙な彼のことだから、てっきり別の誰かが手配したのだと思い込んでいたのに、違ったらしい。そう思うと、急に気恥ずかしい気持ちになる。

「……ありがとう、ございます」

アレクセイの瞳の奥に、微かな情欲の焔《ほのお》が揺れている。きっとそれは、セシリアの勘違いなどではない。

このひと月、彼は宣言通りにセシリアへ必要以上には触れてこない。多少挨拶の口づけが執拗《しつよう》な気がするけれど、唇へのキスが性的な意味での接触はなかった。それが彼の真面目な人柄を表していると思うのは、単純に過ぎるだろうか。だが、そんな誤魔化しもそろそろ限界なのかもしれない。

アレクセイ自身が口にした訳では決してなく、セシリアがそう思う。

彼は、我慢してくれている。与えられるものに対して応えられない罪悪感が見せる幻ではない。歩みの遅い妻の歩調に合わせ、ゆっくり隣で見守ろうとしてくれている。だがそれは、健康な成人男性には酷なことに違いない。

気まずさと羞恥に耐えきれず、セシリアは瞳を伏せた。

「エリザ、いただいたお菓子を用意してくれる？　アレク様とお茶をしたいの」

「いや、それより少し外に出ないか？　この時間、素敵な景色が見られる場所があるんだ。君と一緒に行きたい」

「え……でも、」

屋敷の周りで景観が特にいいのは、河沿いの風景だ。四季折々の植物が群生し、可愛らしい小動物や綺麗な蝶が楽しめる。だが、当然ながらセシリアが足を向けたことは一度もない。

言い淀んだセシリアに気がついたのか、アレクセイは眼元を和らげた。

「大丈夫。河の傍には行かないよ。夕陽が幻想的に辺りを染める丘がある。そこへ行ってみないか？　……二人、だけで」

二人きりで出かけるという誘いにセシリアの鼓動が跳ねた。意味深だと感じてしまうのは、彼に我慢させていることを申し訳ないと、つい先ほどまで考えていたせいか。跳ね上がった心音に、まさか期待しているのかと自問する。

「あ、その……」

「早くしないと、辿り着く前に日が沈みきってしまう。そんなに遠くはないから、そのままの格好でも平気だろう。さぁ、セシリア」

伸ばされたアレクセイの手は不思議な吸引力を放っており、セシリアはごく自然に手を重ねていた。それが、当たり前のことのように思えたからだ。

触れた瞬間、自分のものではない体温が指先から伝わり合う。心地よい他者の熱。もっと味わいたくて、無意識に接する面積を広げてしまう。絡め合わされた指は解《ほど》けることのないまま引き寄せられ、肩を抱かれた。アレクセイの香りが鼻腔に満ち酩酊《めいてい》に似た浮遊感のまま、セシリアはエリザに見送られてひと気のない静かな小道をアレクセイと共に歩いていた。

――どうして私は彼の言葉に従ってしまうのだろう。

――彼が私の夫だから？　いいえ、それだけじゃない……私は……。

贈り物や甘い台詞《せりふ》に酔わされたのではない。認めたくはないけれど、そうしたいと心の奥底で願っているのかもしれない。

互いの足音だけが、沈黙の隙間を埋めてくれる。茜に染まり始めた木々は、柔らかな色で二人を見下ろし、多少の気まずさもおおらかに包み込んでくれた。

「……ここには慣れた？」

先に沈黙を破ったのは、アレクセイだった。俯いたセシリアと、強引には視線を合わせないでいてくれるのがありがたい。問いかけにも、返事を強要する色はなかった。

「はい。皆さん、とてもよくしてくださいます。エリザはいつも明るくて……お喋りしていると、時間が経つのを忘れてしまうわ」

「それはよかった。以前の君は屋敷に篭《こも》りがちなことが多かったし、あまり同年代の者と気軽に話す機会もなかったからね」

「そうなのですか？」

かつての自分は、非社交的だったのだろうか。貴族社会に身を置く者にとって、それは致命傷に近い。それに、ハンスとセルマに助けられたばかりの頃ならいざ知らず、今のセシリアは人と関わることにはそこまでの苦痛がない。見知らぬ他人は相変わらず怖いけれど、友人の一人もいないのは、寂しすぎる。孤独な自分が部屋の片隅でひっそり一日を過ごす様を想像して、眉根を寄せた。

「一人でいるのを好んでいた。本を読んだり、刺繍をしたり……淑女らしい落ち着いた女性だった」

「何だか、別人のお話みたいだわ」

現在のセシリアは跳ねっ返りではないが、深窓《しんそう》の令嬢という雰囲気でもないと思う。できることは何でもするし、自分なりの意見も持っている。まだ見知らぬ人々に囲まれ王都で生活する勇気は持てないけれど、狭い世界で誰かに従って生きるのはごめんだと思った。以前の自分が、ある意味貴族の令嬢らしい女性だったとしたら、それは本来のセシリアとは違っている。

「そうだね。そういうところは別人みたいだ……でも今のセシリアの方が、ずっといい。

再会した時、大声を上げる君も涙を見せる君も新鮮だったよ。それまでは、セシリアの脆《もろ》い部分に触れられたと思えたことがなかったから、とても嬉しかった」

「反抗する私がよかったのですか？」

何の皮肉だと顔を上げれば、予想外に甘やかな瞳が見下ろしていた。

近過ぎる距離に驚いて、キュッと締め付けられる胸が高鳴る。沈んでゆく太陽が全てを暖色のベールで覆い、輪郭の境界を曖昧に溶かす。

だから、これは色彩の魔法にかかっただけに違いない。

狂おしいほど、彼が恋しくて愛しくて堪らない。覚えのない感情が、打ち消す暇もなくセシリアの中からこみ上げてきた。そしてそれは昨日今日芽吹いたものではなく、ずっとセシリアの底で眠っていただけの感情なのだ。確信が胸を焦がした。

突然の奔流《ほんりゅう》に飲み込まれてしまいそうになる。鍵をかけ、水底に沈めたはずの何かが声をあげる。

甘くて、痛い。そして泣きたいほど、苦しい。

なぜなら、同時に思い出したくないと主張する自分がいるからだ。

彼を愛おしいと思う感情はかつてのもの。今はもう記憶と共に失われたものであるはずだ。それなのに妙に生々しく、セシリアを支配する強さで込み上げてくるから質《たち》が悪い。

その荒々しさにいっそ流されてしまいたくなってしまう。

「こんな風に、二人で気のおけない会話をしたいとずっと思っていた。ただの男と女として、何のしがらみもなく……」

「しがらみ？」

セシリアが訝しげに首を傾げると、アレクセイは一瞬表情を強張らせたが、すぐに諦念《ていねん》を浮かべた。

「私たちの結婚に、損得勘定と利害の一致があったのは確かだ。血筋と財産……丁度いい取引だった」

その告白はセシリアにとってショックはあったけれど、当然として受け入れられるものだった。なぜなら、貴族の婚姻とはそういうものだからだ。純粋に恋愛結婚で結ばれる方が少ないだろう。だが、改めてアレクセイから政略結婚だと告げられると、傷ついているのを認めざるを得ない。

「それは……仕方のないことです」

「誤解しないで欲しい。始まりはそうであっても……私はセシリアに恋をした。そして愛するようになった……君は違ったかもしれないけれど……」

ほとんど吐息だけの掠れた後半は、セシリアには聞き取れなかった。聞き返そうかと思い、立ち止まった刹那《せつな》、強く手を握られる。その痛みを感じるほどの力に、眼を見開いた。

「どうか信じて欲しい。私がセシリアを愛するこの気持ちには、嘘偽りは微塵もないんだよ」

取られた手が持ち上げられ、アレクセイの胸へと押し当てられた。心配になるほどの速さが硬い胸板からこちらへノックを繰り返す。

「いっそここを引き裂いて、君に証明できたらいいのに……」

向けられた熱さに思わず慄けば、苦笑を漏らしたアレクセイから解放された。それでも残った体温は薄れることなく、むしろ高まる。全身へ巡る戸惑いを逃がすため、セシリアはそっと息を吐き出した。

再び歩き出し、心なしか早まった歩調はどんな心情の表れなのか。アレクセイの長い脚から繰り出される一歩は大き過ぎて、セシリアには小走りも同然になってしまう。だが、不平を述べるのも躊躇われた。気づいた彼が、不器用に歩調を合わせてくれるまで、その追いかけっこのような時は続いた。

夕暮れの中、先を歩く大きな背中。ながめるうちに、重なるように別の幻影が揺れる。

――私……昔もこうしてこの人の後ろ姿を見送った……？

「……きゃ……っ」

突然茂みを揺らし飛び出してきた物体に驚いて、過去を彷徨っていたセシリアは思わずアレクセイの背に縋り付いた。

焦げ茶のそれは、長い耳をヒクリと動かす。

「う、兎《うさぎ》？」

丸々とした野兎が大きな黒眼で見上げてくる。そこには強い警戒心が浮かんでいた。

「大丈夫かい？　セシリア」

「え、ええ。でもこの仔《こ》……怪我をしているわ」

よく見れば、兎は後ろ足を引きずっており、土の上には点々と赤い雫が垂れていた。

「ああ……罠に掛かったのか、天敵から襲われたのか」

「可哀想に」

セシリアは屈み込んで手を伸ばした。だが、兎は牙を剝き出し威嚇《いかく》してくる。

「傷を負って気が立っているんだろう。危ないから触らない方がいい」

見捨てるかのようなアレクセイの言葉にセシリアは眼を見開いた。やはり冷たい人なのかと、失望が胸に宿る。だが、直後に彼が兎を抱き上げた事で、その考えは払拭された。

「キィーッ！」

不満げな抗議の声をあげながら、兎はアレクセイの腕の中で大暴れする。それこそ噛むわ引っ掻くわの大騒ぎで、野生の獣は小さいながら死にもの狂いで抵抗を示した。

「ア、アレク様」

瞬く間にアレクセイのシャツの袖口が裂かれ、そこに赤い色が滲む。

「……っ!! 血が……！ アレク様！」

「大丈夫。……ああ、何か刺さっている。尖った木の枝だ。——ほら、これでもう平気だろ？」

何事もなかったかのようにアレクセイは野兎の脚から抜き去った棘《とげ》を放り投げた。降ろされた兎は薄情にも、勢いよく逃げ出してゆく。

「あれだけ走れればすぐによくなる」

「あの、腕を見せてください！」

笑いながら兎を見送るアレクセイにセシリアは慌てて駆け寄った。近くで見れば、思った以上に出血が酷いのが分かる。赤い雫が腕を流れる痛々しさに、セシリアの血の気は引いた。アレクセイの傷口を、持っていたハンカチーフで押さえる。

「これくらい、何でもない」

「黴菌《ばいきん》でも入ったらどうするのですか！　すぐ屋敷に戻りましょう！」

「平気だ。それよりも先を急ごう。間に合わなくなってしまう」

「でも、」

尚も言い募ろうとしたセシリアをアレクセイはやんわりと遮った。

「この程度、騒ぐほどではないよ。それよりあの兎が大した怪我ではなくてよかった」

本心からそう思っているのだろう。穏やかな声音にセシリアも力が抜けてしまう。

「私のことを気にかけてくれるのなら、早く目的地に行こうじゃないか。そうしたら、すぐに帰るよ」

そこまで言われてしまえば、セシリアも強くは主張できない。応急処置を施したハンカチーフの結び目を確認して、再びアレクセイと共に歩き出した。

けれど内心は全く変わってしまっている。

――本当に冷酷な人なら、あんなことはしない。

演技には、見えなかった。兎を助けたのはごく自然に滲み出た行動のような気がする。だとしたら、あれこそが彼の本質……？

俯いたまま暫く歩いた後、辿り着いたのは樹々の開けた場所に建つ朽《く》ちた教会の前だった。壁は蔦に覆われて、もはや大地と同化している。所々崩れ落ち、辛うじて原型を留めてはいるが、あと数年もすれば完全に瓦解《がかい》してしまうのは想像に難くない。いずれは全てが土に帰るのだろう。廃墟、という言葉が頭に浮かぶ。けれど不思議と不気味さは感じなかった。

むしろ豪華絢爛《ごうかけんらん》な建物よりも、どこか静謐《せいひつ》で神聖な気がしてしまう。夜へと向かう時間の中、人工物は自然への回帰を望んでいるようにも見えた。

「塔の天辺《てっぺん》を見て」

アレクセイの指し示す先には、鐘を失ってしまった虚《うろ》が口を開けていた。本来であれば、さぞ立派なものが鎮座《ちんざ》していたのだろうが、今はもう名残さえ窺えない。

「あれが、どうしたのですか？」

「もうすぐ……」

ゆっくりと高度を下げる太陽が、緩やかな放物線で降りてくる。その軌跡は、導かれるように空っぽの塔を通過した。

「ああ……」

その瞬間、まるで鐘の替わりのような黄金の光が枠の中から辺りを照らした。

目映くて直視はできなくても、あまりの美しさに息を呑まずにはいられない。四角く切り取られた空間から四方に広がる輝きに辺り一面が包まれ、黄金に塗り潰される。

「この時期にだけ見られる光景なんだ。昔は鐘があったから、反射した光がもっと煌びやだったけれど、私は今の方が美しいと思う。誰かに見られることを目的とせず、何度もこれが繰り返されてきたのかと思うと……なぜかな……勇気づけられる気がするんだ……」

微かに震えた声音につられ、セシリアはアレクセイの横顔を見つめた。濃さを増した陰影が、彼の表情を翳らせる。そこに宿る孤独を、セシリアは確かに嗅ぎ取った。

寂しいと、告げられた気がした。

——もしかして、この方は泣き場所を探していたのかしら？

誰にも見られず、心置きなく涙を零せる場所。秘密の空間。

もしもそうなら、悲しい。彼には弱さを見せられる避難所がなかったのだろうか。独りで耐え、隠れて心を休める事しかできないほどに。

ならば、せめて今だけは、安らいだ時間を過ごして欲しい。絡めたままだった指に力を込める。どうか独りきりだと嘆かないでくれと願いを乗せて。

恐る恐る握り返された手は、エリザの語った『冷たい人』の印象を霞ませる。それはセシリアにとって、よくない事に感じてならないのに、振りほどこうとは微塵も思わなかった。

心地よいのもまた、事実だから。

二人並び立ったまま、教会の塔を見上げ続けた。もう沈黙も気にならず、目の前の荘厳な光景と繋いだ手の温もりさえあれば、それで充分満たされる。時間にすれば、ほんの数分。けれど眼に焼きつくには充分で、セシリアの頬は夕陽の色以上に興奮で赤く染まった。

「綺麗でした……！　とても素晴らしい……！」

まだ胸が高鳴っている。満足感が満ち溢れ、自然の気まぐれな雄大さに感動が抑えきれない。

「セシリアが気に入ってくれて嬉しい。……ここは、幼い頃の僕の遊び場だったんだ」

「そうだったのですね」

アレクセイの過去について聞くのは初めてだ。セシリア自身、呼び方を確認した際の彼の傷ついた様子が忘れられず、深く踏み込むことができなかったし、彼はあまり昔について語らない。それはセシリアとのことも含まれる。だから、珍しく過去の片鱗を覗かせたアレクセイにセシリアは興味を覚えた。

「……子供の頃はよくここで暗くなるまで遊んだ。当時はまだ、この教会も使われていたしね。姉にも秘密の特別な場所だった」

「お姉様がいらっしゃるのですか？」

思えば、アレクセイの家族構成についてセシリアは何も知らなかった。この短期間で色々あり過ぎて、そこまで思い至らなかったと言えばそれまでだが、仮にも夫婦であるのに薄情なことこの上ない。口にしてしまってから、しまったと焦ったが、幸いにも昔に思いを馳せる彼は気づかなかったらしい。

「ああ。八つ年上の、とても聡明な人だ」

「そうでしたか……私、ご挨拶もしないで申し訳ありません。あの、こんなことを聞いては失礼ですけれど、アレク様のお父様とお母様は……？」

普通は息子の妻が行方不明になったり記憶をなくしたりすれば、何がしか反応があってもおかしくない。だが、アレクセイから一切そんな話は聞かされていないのは、よく考えれば不自然だ。

瞬間、アレクセイの顔つきが硬質なものに変わった。

「――亡くなった。随分、昔に。姉も、二年前に」

これ以上の踏み込みを避けるような冷たい声だった。それまでの柔らかな空気が突然凍りつく。温もりを留めていたセシリアの指は、すぅ……っと冷えた。

「……ぁ……ごめんなさい……」

「……いや、すまない。ここは思い出があり過ぎて、つい……」

「い、いいえ。私が無神経過ぎたのです。申し訳ありません。でもなぜ、そんな大切な場所に私を……」

不用意に彼の内側に触れてしまったのを悔い、セシリアは己を恥じた。可能なら地面に埋まってしまいたいほど、自己嫌悪に陥る。

「区切りを、つけたかったんだ。気持ちを整理して、本当に失いたくないものを胸に刻むために」

　アレクセイの言わんとすることは、セシリアには全く分からない。ただ、先ほどのように拒絶されるのが怖くて、真意を問おうとは思えない。それでも彼にとって何か重要な、意味のある時間を共に過ごす相手として選ばれたのが嬉しくて、繋いだままの手に力を込めた。ずっと感じていた戸惑いや恐怖が遠のき、アレクセイを慰めたくて堪らない。

　けれどそれは過去の異物だ。セシリアであってセシリアではない、喪《うしな》われた感情の骸《むくろ》。

「……何も、思い出せなくてごめんなさい……」

「構わない。もういっそ……忘れたままでも……」

「え……？」

　随分奇妙な話だ。普通ならば、思い出して欲しいと願うものではないのか。少なくともセシリアならば、大切な人には共通の記憶を抱いていて欲しい。

　もしかしたらアレクセイなりのセシリアに対する気遣いで、余計な心労をかけまいとそう言ってくれているのかもしれない。だが、そんな思考も甘やかな時間の前には無粋《ぶすい》なものでしかなかった。

　――今だけは、この瞬間を楽しんでいたい。余計なわだかまりを忘れて……

　二人は、ほとんど同時に見つめ合っていた。夜へと移行する空気の中で、彼の瞳が揺れている。陰が濃くなったせいで、近付かなければ互いの表情もはっきりとは見えない。

　アレクセイの指が怖々《こわごわ》とセシリアの耳に触れた。産毛《うぶげ》を摩《さす》る動きが擽ったく、差し出すように首を傾ける。無言の許しを得て少しずつ大胆になった彼の手は、セシリアの輪郭をなぞりながら唇に到達し、僅かに押し開いた。

逸らされない瞳には、紛うことのない熱が宿っている。ごく自然に引き寄せられて、吐息の混ざり合う距離でセシリアは目を閉じた。

驚くほど熱くなった唇を食まれる。初めはかするようなもどかしさで、幾度も触れては離れていたが、次第に時間も接する面積も広がってゆく。滾《たぎ》る熱を注ぎ込まれるようにアレクセイの舌が侵入してきても、セシリアは当惑することなく受け入れた。それが至極当然に思えたからだ。理由を考えようとすることさえ、放棄していた。未だアレクセイとの距離を計りかねているのに、抗い難い欲求に支配されてしまう。

乱れる吐息の合間からこぼれる淫猥な水音が頭の中に響き渡り、沸騰しそうなほど高まった体温が出口を求めて暴れ狂う。セシリアは微かな隙間も許せなくて、息次ぐために離れたアレクセイの唇を自ら追い求めていた。

本能に従った身体は、必死に相手へ縋り付く。セシリアの背中へ回されていたアレクセイの手が忙しなく動き、密着が高まる。掻き抱かれる腰がしなり、息苦しくても力を緩めて欲しいとは微塵も思えず、むしろそんな風に求められていることが嬉しくて、セシリアからも腕を回して応えた。

服の上からでは窺い知れないほど逞《たくま》しいアレクセイのしなやかな身体に包まれ、名状《めいじょう》し難い感情に翻弄される。今のセシリアにとってはキスなど初めての体験であるのに、どこか慣れた仕草でアレクセイの動きに応じてしまうのは、この身に染み付いた身体の記憶故だろうか。そんな淫らな事実に思い至り、更に欲求は高まってゆく。

「……は、ぁ……」

我ながら淫猥な声が出てしまい羞恥に火照《ほて》ったが、アレクセイが微笑む気配がしたから、それでいいのかもしれない。繕う必要がなくなって、セシリアからも舌を伸ばした。

粘膜を擦り合わせ、一つになって絡まり合う。歯も上顎も、届く範囲は全て味わった。

悪戯に逃げ惑えば、お仕置きとばかりに彼の口内へ吸い上げられ、その甘い責め苦にセシリアの膝から力が抜けてしまう。

「……ん、ふ……」

華奢な背中を支えてくれる大きな手が、意味深に下へ降りた。その先には震えるセシリアの柔らかな双丘がある。焦らす動きが腰との境目の際どい場所に触れ、セシリアは奥底から生まれる疼《うず》きに逆らえなかった。下肢には無視できない潤みを感じ、血が沸騰する。

まさかこのまま、とセシリアが震えたのは怯えただけが原因ではない。けれどアレクセイは深く呼吸した後、その手を上へ戻した。

永遠にも思えた時間は、実際には太陽が立ち去るよりもずっと早く終わりを告げていた。まだ淡い光の気配を残した教会の前で、二人は名残惜しげに身体を離す。

「……は……っ、ここは星も絶景なんだ。次回は……君とそれを見てみたい……」

それは、濃厚な夜の気配に満ちた誘いだった。込められたもう一つの意味に気づかないほど、セシリアは子供ではない。

赤く染まった頬は、夕日が隠してくれるだろう。だが、触れた箇所から伝わり合う熱と乱れた呼吸は隠しようもなく、引きずられるようにセシリアは小さく頷いた。

「……はい。私も、見てみたいです……」

先に進む恐怖は相変わらず居座っている。アレクセイに対する戸惑いも。だがそれ以上に彼を求めて止まない自分がいるのに気づかされた。打ち消しても次々生まれる愛しさを誤魔化しきれない。だからこそ、立ち止まっていたかったのかもしれない。でももう、眼を逸せないのだと思い知る。アレクセイを意識すればするほどに惹かれてゆくのを抑えられず、怯えを凌駕《りょうが》する熱が、止めどなく湧き上がってくる。

いったん傍にいたいと思ってしまえば、その欲求に抗うことは難しい。セシリアは離れてしまったアレクセイの熱を失うまいと唇へ触れた。それを見た彼が再び抱き寄せてくれるのを、満たされた心地で受け入れながら。

3. 不安

　セシリアは扉の前に立っていた。これは夢だと、冷静な部分が知っている。けれど目覚めはまだ遠くて、手脚には重い蔦が絡んでいた。室内であるはずなのに、床から伸びる植物にも疑問を感じない。夢の中では、そんな不思議も整合性があるものと受け止められた。

『……寒い……』

　濡れた服が肌に貼り付いて気持ちが悪く、吐き出す息が真っ白になるほど、空気が冷えきっている。せめて、かじかんだ指先に息を吹きかけて温めたいのに、縫い留められ自由を失ってしまった腕は身動き一つできなかった。

『寒いよ……』

　喉も凍えてしまったのか、声はかすれて自身の耳にさえ届かず氷に変わった。このままでは、大した時間もかからずにセシリアの全てが氷像に成り果ててしまうだろう。もう震える力さえ残されてはいない。

　扉には厳重な鍵がかけられていた。それも幾つも。更に足りないとばかりに何重もの鎖が巻かれ、固く封印されている。仮にセシリアの手が自由になったとしても、それらを解くのは不可能と思われた。誰も開けてくれるなと、分かり易い拒絶の意を示した扉は完全に閉ざされ、堅牢に守られている。

その中に何が納められているのか――セシリアは知っていた。夢の中では全てを理解できるのだから、起きている間は忘れてしまうことも何の苦労もなく思い出せる。それこそ何年も前の朝食の内容だって。まだ母親が存命だった頃の食卓は、それは温もりに満ち溢れていた。

――可哀想なお母様……政略結婚の道具にされて、最期までお父様から愛されることはなかった――

瞳からこぼれ落ち、氷の粒となった雫は、床で弾けて粉々に砕け散った。まるで利用価値がなくなり、捨てられた母親のように。

――お母さん……私も結婚したの。お父様が亡くなられて途方に暮れているところを助けてくれる方がいたのよ。あの人が爵位目当てなのは知っていたわ。それでも私、嬉しかった。だって表面上は、とても親切にしてくれたんだもの。その全てが嘘ではないのだとすぐに分かったわ。本当は心の優しい人なんだって。だから――だからね、この扉は絶対に開けてはいけないの。

向こう側に眠るのは、今のセシリアには不要なものだ。彼があのことを語らないならば、蒸し返す必要などない。永遠に扉は閉ざされていればいい。

――アレク様を、愛したいの。

愚かな心は血の涙を流す。傷つくだけだと身に沁みているのに、なぜこれほどまでに彼を求めて止まないのだろう。

きっとこの先には破滅しかない。それでも、もう一度与えられた愛しい時間を手放すことなどセシリアにできるはずがなかった。これがもし、アレクセイの歪んだ思惑だとしても――喜んでこの身を捧げよう。

――だから、あと少しだけ。この奇跡の時間を許してください。

無慈悲な神に向かい、セシリアは唯一動かせる頭を垂れる。

『――馬鹿ね……同じ過ちを、繰り返すの？』

扉の向こうから啜り泣きと共に聞こえたのは、セシリア自身の声だった。

「……様、奥様……」

揺すられる感触にセシリアの意識は浮上した。重い水底から引き上げられる感覚が眩暈を引き起こす。貼り付いたように強張った目蓋を引き上げれば、霞む視界にエリザの心配そうな顔が映った。

「……エリザ……？」

「うなされていらっしゃいました。大丈夫ですか？」

ゆるりと頭を振り周囲を確かめると、セシリアは窓際の長椅子で本を読みながらいつの間にか眠ってしまったらしいことを把握した。手にしていたはずの本はサイドテーブルに置かれている。外はまだ明るいから、時間にすればそう長くはない。

「嫌だ……私ったら、はしたない」

それでも、何もせずに遊んでいるのも同然の身の上としては、酷く気の緩んだ行為に思える。やるべきことを放棄して、居眠りにほうけていたなんて。最近、精神的に疲れているせいか、やたら眠くて仕方ない。

アレクセイの訪れがない一日はとても長い。かつては緊張感が大部分を占める時間でしかなかったのに、今では彼が来るのを心待ちにしている自分がいる。全ては、あの幻想的な夕陽を二人で見て以来。あれからひと月が経ったがセシリアの中では確実に何かが変化していた。

アレクセイの綺麗な黒い瞳で見つめられると、胸が苦しくなる。かと言って会えない日は、それはそれで苦しい。彼が垣間見せる不器用な優しさや笑顔と、言い慣れていないのが丸分かりな甘い台詞が擽ったい。

そして、そのどれもが嫌いではないのだ。この感情を何と呼ぶのか知らない訳ではない。だが、名付けてしまうギリギリの所で二の足を踏む。

アレクセイと過ごす時間は不思議だ。

共に過ごしていても、お互い饒舌な質《たち》ではないせいか会話が途切れることもあるのだけれど、だからといって気まずくもない。沈黙さえ心地よいのは、気を許している証拠だと思う。

ぎこちなくとも、セシリアとアレクセイは距離を縮めつつあった。おそらくは、あと一歩セシリアに飛び込む勇気があれば、劇的に何かが変わる。次に会った時にはきっと……そんな予感がしている。

「お起こしして申し訳ありません。でも、随分うなされていらっしゃったので……嫌な夢でもご覧になりましたか？」

どこか探るような視線をエリザから感じる。けれどセシリアにはそれよりも髪や服が乱れていないかの方が重要だった。女主人として役割を果たせていない上に、みっともない印象を抱かれたくはない。

「夢……？　いいえ、何も」

答えた瞬間ぶるりと身体が震えた。そんな時期でもないのに、急に寒くて仕方がなく、肌が粟立つ。夢など見た覚えはないけれど、不快な感覚がそこかしこに残されていた。

「顔色がお悪いです……うたた寝して冷えてしまったのかもしれません。お医者様をお呼びしましょうか」

「いいえ！　それには及びません。大袈裟過ぎるわ」

今すぐにでも走り出しそうなエリザを慌てて引き止め、元気であるのを示そうとセシリアは立ち上がった。その際、自分の心臓が荒々しい鼓動を刻んでいるのに気がつく。まるで激しい運動をしたか、よほど恐ろしいものを見た後のようだ。

「……？」

覚えてはいないが、もしかして夢見が悪かったのだろうかと不思議に思いはしたが、それは一瞬で、すぐにエリザを安心させることだけに意識は傾く。

「ですが、旦那様にはくれぐれも奥様の身体を気遣うよう申し遣っております」

「本当に大丈夫よ。ごめんなさい、心配をさせて。少し運動不足かもしれないわね。ここに来て以来、私何もしていないのだもの」

畑仕事はもちろん、厨房に入ることさえいい顔はされない。手持ち無沙汰にかまけて怠けていたから、調子を崩したのかもしれない。そう思いたち、セシリアは背筋を伸ばした。

「私、お庭を見たいわ。せっかく綺麗なのに、今まで碌《ろく》に眺めてもいないものね。エリザ、一緒に散歩しましょう？」

「いいですね！　すぐ準備いたします！」

いつもは萎縮し、あまり要望を口にしないセシリアからの提案に、エリザは顔を輝かせた。パタパタと走り回り、セシリアのショールや歩き易い靴を準備する。その張りきり方に苦笑しつつ、それだけの心労を強いていたのかとも反省した。きっと口にしないだけで、エリザはセシリアを心配してくれていたのだ。

「お待たせ致しました、奥様！　参りましょう！」

満面の笑みを浮かべたエリザと共にセシリアは玄関へ向かったが、外へ出ることは叶わなかった。なぜなら、今まさにくぐろうとしている扉の前で押し問答をしている男がいたからだ。

「だから、ニアを呼んでくれと先刻から言っているじゃないか!!」

「……え?」

すっかり興奮した様子で大声を張り上げる男の声に、セシリアは聞き覚えがあった。だが、応対する執事の陰になり姿は確認できない。

「ですから、そのような名前の者はおりません。どうぞお引き取りください」

「ふざけるな!　お前たちがここにニアを閉じ込めているのは知っているんだからな!」

「お、奥様……危ないですからお下がりください。私、ちょっと見て参ります……!」

脅えつつもセシリアを庇《かば》うように前へ出たエリザを押し留め、セシリアは扉へ急ぐ。

「奥様……!?」

「大丈夫よ、エリザ。彼は知り合いなの……!」

門前払いを食らわされそうになっていたのは何とも懐かしい顔で、セシリアも認めた瞬間笑み崩れた。

「ニア……!」

「ロイ!　どうしてここに?」

ロイ・バークマン。ハンスたちと街へ行くと、必ずと言っていいほどセシリアに構ってくる宿屋の跡取り息子。家がそこそこ裕福な上、次男の気楽さからか、どこか頼りなく軽い雰囲気がある。だがその分陽気で人好きのする性格でもあった。

柔らかな蜂蜜《はちみつ》色の髪に明るい緑の瞳は、若い娘たちには大層好評で、街でも一、二を争う人気者だ。彼の妻になりたいと、積極的に迫る者も少なくない。

「やっぱり、ここにいるじゃないか。ハンスに聞いたんだよ。君が変な男に連れ去られたって……」

ハンスがそんな言い方をするとは思えないので、少なからずロイの思い込みと創作が混じっているのだろう。彼には会話が面白いという長所があるが、同時に話を大きくしてしまうのは悪い癖だった。

「ち、違うわ。自分で選んだのよ」

はじめは義両親の病気の治療のためだったけれども、とはさすがに言えない。わざわざ事態をややこしくする必要はない。

「それより大声を出してどうしたの」

「だって、ニアなんてここにはいないなんてこいつが嘘をつくから！」

思い出した怒りでロイの眼が吊り上がった。

「俺はただ、君に会わせて欲しいと言っただけなのに不審者扱いしやがって！」

だが、庶民が約束も取り付けずに貴族に会おうという方が無理がある。尤も、完全に頭へ血が上ってしまったロイには、そんな常識など届かないだろうが。仕方なくセシリアは指差され糾弾《きゅうだん》されている執事セバスに微笑んだ。

「騒がせてごめんなさい。心配しなくても、この方は私の知り合いです。ニアというのは……その、昔の愛称のようなものよ」

「そうだったのですか。申し訳ありません、存じ上げませんで」

「ニア！　ハンスから預かってきたものがあるんだ。中に入れてくれないか？」

いくら懐かしくとも、主人のいない屋敷に男性を迎え入れる訳にはいかない。そもそも、セシリアにはロイと話したい話題もなかったので、どうすれば穏便に帰って貰えるかとばかり考えていた。だが、彼の言葉に思考が止まる。

「お義父さんから……？」

「そうだよ！　二人ともとても心配している。だから代わりに俺が来たんだ！」

誇らしげに胸を反らすロイは、簡単には引き下がりそうもない。無理に追い返せば、尚更面倒なことになりそうな予感がした。

「お義父さんに会ったの？」

「ああ！　街に来る度に声をかけて励ましている。ニアがいなくなって、すっかり消沈しているからな。君が連れ去られた時にもっと抵抗すればよかった、って後悔しているよ」

つまりはハンスの仕事を邪魔しているということか。おそらく行商に来たハンスに付き纏って、あれこれ聞き出しているのだろう。ロイに悪気はないのは知っているが、もう少し他者の都合を考えて欲しい。

「私なら、大丈夫よ。ここに来たのも自分の意思だし、お義父さんたちだってそれは理解しているわ」

むしろセシリアにそうするよう勧めたのだから、彼らが後悔しているというのはロイの勘違いに他ならない。だが、寂しい思いをさせてしまっている事実には胸が痛んだ。

「そんなことを言っても、俺は騙されないぞ。だって君は顔色も悪いし、ちっとも幸せそうじゃない！」

「……！」

顔色が優れないのは、寝起きのせいだと思う。だが、ロイの『幸せそうじゃない』の一言は、激しくセシリアを動揺させた。

ここに来てから不幸だとは感じていない。包み込まれるような安堵も得ているし、アレクセイからも屋敷の使用人たちからもこの上なく大切に扱われている。けれど——手放しで『幸せ』なのだと断言できる自信はセシリアにはなかった。

アレクセイとの距離は少しずつ縮まり、新たな生活にも慣れ始めているのに、水中に沈むようなもどかしさが常にセシリアを苛んでいるからだ。積極的に記憶を取り戻したいのかと問われれば困り、考えることさえ億劫《おっくう》になってしまう。

そんな自分の卑怯な弱さを指摘された気がして、セシリアの眼は泳いだ。

「ほら、ニアだって疑問を持っているんじゃないか」

「と、とにかく中に入って。こんな場所で大声で話す内容じゃないわ」

チラチラとこちらを窺う使用人たちの視線を感じる。その大半は不安や心配を覗かせていたが、何が噂の種になってしまうか分からない。セバスも困惑気味にセシリアを見下ろしていた。その口髭の奥で、物問いたげな唇が開く。

「ですが、奥様……」

「貴方も同席してくれる？　応接室の準備をお願いします」

躊躇う執事を促して、セシリアは踵を返した。


「それで、お義父さんから預かったものって……？」

ティーカップが供《きょう》されるのも待ちきれず、セシリアはロイに問いかけた。幾分冷静さを取り戻したのか、彼は通された部屋の豪華さに眼を奪われている。

「あ、ああ……これだよ」

落ち着きなく辺りを見回しながらロイが取り出したのは、口の小さな白い瓶《びん》だった。飾りも何もない陶器の器は、蓋《ふた》が失われ中身は空っぽだ。

「……これは何……？」

手の平にスッポリ納まる大きさのそれは、匂いもせず何が入っていたのか判然としない。薄汚れた表面が不気味なまでにつるりと滑《なめ》らかな質感をしていた。

「助けられた時に君が持っていたものらしい。詳しくは聞いていないけれど、渡し忘れてしまったとハンスは言っていた」

「これを？」

河に転落した際、ペンダントは失くしてしまった癖に、こんな得体の知れないものは後生大事に守っていたのだろうか。特に何の感慨も呼ばない代物を、セシリアはじっと見つめた。

「ポケットに入れてあったから、無事だったんだろうって」

「何を入れていたのかしら……？」

こんな小さな瓶には大したものは入りそうにない。

「わざわざこれを渡すために来てくれたの？」

律儀なハンスのことだから、どんな小さなものでもセシリアに返そうと思ったのだろうか。それならば、手紙と一緒に送ってくれてもよかったのに。万事控えめな彼等が、アレクセイの屋敷に自ら足を運ぶという選択肢はきっとない。

「いや、それを口実に俺が会いたかっただけだよ。ハンスはいずれ返すつもりだとしか言ってなかったし」

ならば強引に義父から奪い取ってきたのか。セシリアは呆れてロイを見た。

「俺はそれだけもう一度ニアの顔を見たかったんだよ。どうしても会いたかったんだ。君だって、気づいていただろう？　俺はニアのことを……」

「……ロイ、貴方がどこまで知っているか分からないけれど、私は人妻なの。ふしだらな噂が立つのは困るわ。それに、ニアはもういない。今の私はセシリア。そう生きてゆくと決めたのよ」

握られそうになった手をやんわり逃がし、セシリアは毅然と背筋を伸ばした。これまでロイの好意をキッパリ撥ねつけなかった自分にも非はある。

「またそんなことを言って……なあ、ニア、本当は帰りたいんじゃないのか？　今のニアはらしくないよ。そんなふうに着飾ってお人形みたいに座っているだけなんて、窮屈なんだろう？」

「そんなこと……」

　必死に考えまいとしていることに触れないで欲しい。言い辛い内容を平然と持ち出す無邪気とも言えるロイが、今は煩わしく感じられる。

　小瓶をテーブルに置き、セシリアはエリザの淹《い》れたお茶を飲んだ。いつもなら美味しいはずのそれは、味など伝わってこない。ただ熱いだけの液体が喉を流れ落ちてゆく。

「ニアはニアだ。セシリアなんて貴族の奥様は似合わない。その証拠に、君はそんな憂鬱そうな顔をしているじゃないか！」

「……っ、止めて……！」

　幸せでないはずはない。生活の心配はなく義両親も健康になり、夫の元に戻ったのだから。記憶はまだ戻らなくても、これから少しずつ時間をかけ関係を築き直していけばいい。そう思うのに――なぜこんなに動揺しているのだろう。あと一歩アレクセイに歩み寄れない理由は何なのか。

「私、充分満たされているわ。これ以上望むものなんてないくらい……っ」

「記憶を失くすほど辛いことのあった場所に戻って、そんな訳ないじゃないか！」

「……っ!!」

ロイがそこまで知っているとは思っていなかった。単にそう信じたかっただけかもしれないが、セシリア自身わだかまっていたことを白日の下に晒され、呼吸が止まる。

「俺は知っているんだ。あの男、君が河に落ちたのは事故だなんて言っているそうだけど、本当に信じられるのかよ!?」

「あ、当たり前じゃない。彼はとてもよくしてくれているの……私を大切に扱ってくれているわ」

「そんなの、罪悪感からくる罪滅ぼしじゃないのか？　疚《やま》しいことがあるから必要以上に親切面《づら》している可能性があるだろう！」

「彼を悪く言わないで……！　何も思い出せない私を責めることなく、それどころかこのままでも構わないと言ってくれる優しい人なのよ……！」

そうだ。アレクセイはいつだってセシリアの歩調に合わせてくれる。焦ることはない。ずっと思い出せなくても問題ないと……

「……随分飼い慣らされちまっているんだな」

「何ですって!?」

侮辱的な言葉に血が上った。膝の上で握り締めた拳が白く震える。

「だってそうだろ？　記憶が戻らなくてもいいなんて……そんなの、思い出されたら都合が悪いからに決まっている」

「……っ」

「この屋敷だっておかしいよ。貴族の奥方なら、王都の本邸に住むのが当たり前だろ。いつまでもこんな……別邸に閉じ込めるみたいな扱い、不自然だろう！」

「そ、それは……私の体調が戻るまでは……って……」

渇いた舌が口内で貼り付き、上手く喋ることができない。痛みが瞳の裏に居座って、身体全体を蝕《むしば》んでゆく。

「記憶を取り戻すことは望んでいないのに？　あの男はニアを一生ここにいさせるつもりなんじゃないのか？」

「……っ!!」

「仮にニアを大切にしているのが本当だとしても、それは現在の君自身を見ているんじゃない。過去の、ニアとは違う別の女を想っているのと同じじゃないか！」

セシリアの中で燻っていた違和感が抉り出された。敢えて深く考えまいとしていた闇に触れられる。貴族として生まれアレクセイの妻となったかつての『セシリア』と、『ニア』として生きた自分とは、似て非なるもの。別人だ。たとえ同じ人間だとしても、そこに連続性はないのだから。

「ニアはあいつに騙されているんだよ!!」

「止めて!!」

耳を塞いで顔を伏せる。そんなはずはないと主張したくても、上手く言葉が紡げない。身体中がガタガタと震えていた。

「奥様……！」

駆け寄ってきたエリザが肩を抱いてくれる。その小さな手の平が撫でてくれたお陰か、強張っていた背中から僅かに力が抜けた。セバスもセシリアを守るように立ちはだかる。

「申し訳ありませんが、奥方様のご容態がおもわしくありません。どうぞお引き取りくださいませ」

セシリアの過剰な反応と、セバスの断固とした口調にロイは気圧され、慌てふためく。さすがに言い過ぎた自覚はあるのか、敵愾心《てきがいしん》を露わにしたエリザの視線に耐えかねて、彼は席を立った。

「あ……すまない。その……そんなつもりじゃ……」

「お引き取りください」

セバスの声が、酷く遠く感じる。反響する不快な騒音が現実なのかどうかさえ分からない。とにかくもう、何も聞きたくはなかった。

「お部屋に戻りましょう……奥様」

立ち上がった脚は萎えてしまったのか力が入らず、よろめいた。支えてくれるエリザに寄り掛かり、何とか歩く。促されるままベッドに横になっても眩暈は治まってはくれず、眼を閉じていても開いていても、世界が回っている。

絶え間なく襲ってくる吐き気に、セシリアはもはやロイがどうしたかを気にする余裕もなかった。

「……一人にして頂戴……」

どうにかそれだけ口にすると、セシリアは身を守るために丸くなった。今はただ何も考えたくはなくて、エリザさえ拒絶して全てに背を向ける。

ずっと目を逸らし続けてきたものと向かい合う時が来たのだ。そう頭では理解している。だが深淵に沈む真実が、清く美しいものとは限らない。むしろ知らなければよかったということが、世の中には掃いて捨てるほど溢れている。

――これも、その一つの気がするのはどうして……

知りたい欲求よりも、今を手放したくない思いが勝る。

答えの出ないまま、セシリアは我が身を強く抱き締めた。思考の迷路は袋小路に行き当たるばかりで、いつまでも出口は見えない。だがそれは、敢えてセシリアが外へ出ようとしないからだ。いつまでも迷い道をグルグルと彷徨って、箱庭の迷路から出たくないと望んでいる。

そうしていれば、今の幸福を失わずに生きられるから――

4. 信じさせて

どれだけ時間が経ったのか。

気づけば外は暗くなっていた。食事もとらないまま部屋に引き篭っていたセシリアは、ゆっくり身体を起こした。空腹は感じないけれど、喉は渇く。けれど会話さえ拒否してしまったエリザを今更呼びつける気にもなれず、薄暗がりの中、ベッドの上で膝を抱えた。漸く冷静さを取り戻した頭は芯に痛みが残っているものの妙に冴えている。だからこそ、分かる。

はじめアレクセイを恐れ忌避したのは、気づきたくないものがあったからだ。

あの時は未だ水底に沈んだままの記憶を理由にして、完全には心を開けなかった。それは惜しみなく愛情を示してくれるアレクセイを受け入れきれない以上に、彼が見ているのが『今のセシリア』ではなく『過去のセシリア』な気がしてならないからだ。

そしてそれを辛いと思うのはつまり――

――私は、一時の気の迷いなどではなくアレク様に惹かれているんだわ……

雰囲気に流されたのでも自分に酔ったのでもない。至極飾り気のない真実がそこにある。

だからこそ、全面的に彼を信じたいし、悲しむ姿を見たくはない。

それは記憶が蘇りかけている証なのかもしれない。アレクセイを眼にするとどうしようもなく苦しくて胸が痛むのだ。視線を逸らすこともできず彼の持つ黒い色彩に引き込まれてしまう。同時に確かなのは、ここに至って尚、己の気持ちを受け入れたくない自分がいる。

——本気で愛してしまうのが、怖い。

「……っ、」

理由を考えようとすると、酷い頭痛に苛まれる。靄《もや》の掛かった頭では正しい答えなど導き出せない。不安は膨らむ一方で、セシリアは胸元を探った。

硬いペンダントの感触に安堵し、こんな小さなものに縋ろうとする自分は矮小でみっともないと自嘲する。それでも、他に頼れるものは何一つ見つからず、心細くて堪らなくなった。

——どうか教えて。貴方はどんな思惑があって、私を探し出してくれたの？

そこにあるのは純粋な愛情か、それとも打算か。ロイの言うように後ろ暗い思惑があったのか。その全ては、失ってしまったセシリアの過去に隠されている。知りたい欲求と逃げ出したい衝動は背中合わせの対になり、常に表と裏が入れ替わる。

思えば、最初からアレクセイはセシリアの記憶を積極的に取り戻そうとはしていない。むしろ遠ざけているように思えた。事故のあった部屋を閉ざしたのも、旧知の者と会わないように取り計らうのも、一見したところセシリアを慮《おもんぱか》ってと説明がつく。けれど、穿《うが》った見方をすれば、全く別の形が浮き上がる。

もしかしたら彼はセシリアを過去からも外界からも引き離し、自分の都合よく扱おうとしているのではないか。さもなければ、差し障りのある事実を隠蔽《いんぺい》するために手元に置こうとしているだけなのでは……？

——それでも、彼を信じたい。

その時、控えめに扉がノックされた。深夜に差し掛かるこの時刻に、セシリアを訪ねる者などただ一人だ。

「——どうぞ」

眠った振りをして無視をする選択もできたが、そうしなかったのはセシリアも彼と話をしたかったからに他ならない。開かれた扉の向こうには、思った通りアレクセイが佇んでいた。

「今日は……いらっしゃらないものと、思っていました」

「仕事が思いの外早く終わってね……明日来るつもりだったが、一日早めてしまった」

恐らくそれは嘘だ。エリザかセバスが気を利かせ、今日の出来事を彼へ報告したのだろう。それを受け、こうして無理をしてやって来てくれたに違いない。

「お帰りなさい。ごめんなさい……出迎えもしないで」

「こんな時間なんだ。そんなことは気にしなくていい。こうしてセシリアに会えるだけで、私は嬉しいのだから……」

ベッドに座ったままのセシリアは脇まで近寄ってきたアレクセイに見下ろされているのを感じた。泣きはらして浮腫《むく》んだ顔を見られたくなく、顎を上げるのが躊躇われる。それでも、意識は彼へだけ注がれていた。だから惑うアレクセイの手がセシリアに触れたがっているのも気づいている。抱き合い、キスしたいと思っていることも。

あの夕暮れ以来、何度もアレクセイとキスを交わした。それは挨拶と同じくらい二人にとって自然で当然のこととなっていて、きっと今夜も同じようにするのがいいのかもしれない。余計なことなど思い煩わず、アレクセイの囁く愛に包まれる。そうすれば、幸せにいつかなれると思いたい。見えるものを信じて踏み出す勇気が欲しい。

「……私を信じて欲しい」

低い美声が降ってくる。セシリアは固く眼を閉じた。答えなど既に決まっている。

「……信じたい、私も」

自分の気持ちへ歯止めをかける何かを壊したい。得体の知れない存在は、アレクセイへの想いを自覚するほど存在感を増してゆく。いつまでもそれに気づかないふりをし続けることはできなかった。

「教えてください。昔の私のことを。事故のことを」

避け続けた話題は、想像よりもすんなり口をついた。もっと掻き毟《むし》られるような痛みを伴うかと案じたが、存外簡単なのに驚く。

「……以前、語った以上の話はないよ」

「そうじゃなくて……っ、私はどんな妻でしたか？　アレク様が想ってくれているのは昔の私ですか？　貴方は私を……っ」

――本当に愛してくれていたの？

自分は明確な愛の言葉を返せない癖に相手には求めるなんて、傲慢も甚《はなは》だしい。そんな自分自身にウンザリする。けれど、不安で仕方ない。苛立つのは、疑心暗鬼に囚われる己の弱さだ。

「……以前の君からは、考えられない台詞だ」

呆れや蔑みではなく、込められていたのは感嘆と歓喜であったのに、アレクセイのその言葉はセシリアを傷つけた。なぜなら今、彼が見ているのは過去のセシリアであるのが明白だからだ。

記憶を失う前の、セシリアであってセシリアではない女性。アレクセイ・フォン・フェルデンの妻であり、貴族然とした完璧なレディ。

それを懐かしむ彼の言葉に、激しく動揺している自身がいる。その事実は思いの外、衝撃的だった。

前に一度だけ問いかけたことがある。「昔のセシリアの方がいいのか」と。その時は特に何の感慨もなく、彼の返答さえ気にはしなかった。でも今は――

比べられる現実に辛くなる。何をどう頑張っても取り戻せない過去を求められても、応えることなどできやしない。

そして気づく。

――私は、自分自身に嫉妬している……

たとえ始まりは政略結婚だったとしても、アレクセイと普通に出会い、彼の妻になり愛されていながら大切な記憶を手放した一人の女。セシリアには彼の為に着飾り、多くの人たちに祝福されたであったろう結婚式の思い出さえ残っていない。それどころか、アレクセイとの出会いやプロポーズの言葉、初めての夜のことも。全て、かけがえのない時間であったはずなのに。

――忘れてしまったのは、それだけの価値がなかったから。

そんな風にはもう、強がれない。

彼の優しさも愛情も、全て自分へ向けられているのを感じる。何の憂いもなくそれを享《きょう》受《じゅ》したいのに、臆病な自分が足踏みをする。

アレクセイが求めるのは過去のセシリア。彼の妻として生きた女だけ。連続性を失ったセシリアとは、別人も同然。

焦げる胸は醜い妬心に塗《まみ》れた。自分の醜さを自覚して、悲しくなる。

「セシリア、私は君を愛している。確かに以前の君とは少し変わったかもしれないけれど、それはセシリアの魅力を損なうものじゃない。むしろあの頃よりももっと私を捕らえて離さない。もう二度と眼の前から消えたりしないでくれ……あんな絶望には二度と耐えられない……」

床に跪《ひざまず》いたアレクセイは、震える腕をセシリアの腰に回した。腹部に彼の熱い吐息を感じる。上から見下ろす彼の顔は新鮮で、改めて知った睫毛の長さに感動すら覚える。艶やかな漆黒の瞳が祈るように閉じられた。

「私は思い出したい。過去を取り戻してこそ、貴方を本当の意味で受け入れられる気がするの」

なけなしの勇気を掻き集め告げれば、アレクセイが頭を振る。

「思い出さなくていい」

「なぜ……!?」

疑いたくなどないけれど、ロイの言葉を思い出してしまう。『ニアはあいつに騙されているんだよ!!』振り払っても振り払っても、纏わりつく呪いの言葉。そんな可能性考えたくもない。

「……過去を知れば、君は私から離れてゆく」

「そんなこと……！」

愕然と眼を見開けば、悲愴な色を滲ませたアレクセイが強い瞳で見上げてくる。僅かに潤んだそれは、痛々しくもセシリアを捕らえて離さなかった。

「頼む。今はまだ、聞かないで欲しい。悪いのは全て私だ。君には何の非もない。もう少しだけ……時間をくれないか。私にその決意をする勇気が生まれるまで……」

「狡《ずる》い……」

そんな風に全身全霊で縋られては、拒める訳がない。そもそも、セシリアはアレクセイの涙を見たくない。眼にすると、胸が苦しくて掻き毟りたくなるほど悲しくなってしまうから。

「ああ……どうしようもなく、卑怯で矮小《わいしょう》だ。こんな男で、すまない。けれど、この世の誰よりセシリアを愛していると誓えるよ。いつか必ず全てを懺悔する。そして一生をかけ、君に償い続ける」

これ以上問い詰めても、アレクセイは決して語らないだろうと感じられた。貝のように口を閉ざし、沈黙を守るに違いない。その強い意思を曲げられるとは思えなかった。

切実な力で絡みつかれた腰は、逃がすまいというように更に引き寄せられた。

「今の私を……受け入れてくれますか？」

「それはこちらの台詞だ。頼むから、セシリアこそ私を受け入れてくれ」

鼓動が跳ねる。それはアレクセイも同じなのだろう。布地越しでも、彼の身体が燃えるように熱いのが分かる。それが言葉以上に雄弁に何かを語っている気がした。

セシリアはそっと伸ばした手でアレクセイの髪を撫でた。さらさらと触り心地がとてもよく、何だか気持ちが落ち着いてくる。彼の頭の重みを腿に受け、セシリアの心は平静を取り戻していった。お互いの呼吸音だけを聞きながら身動ぎもせず時を過ごし、その心地のよさに溺れてしまいたい。

上体を倒し、アレクセイの背中に折り重なるように密着すれば、セシリア以上に速い鼓動がアレクセイの背中越しから聞こえた。加速度的に高まる彼の熱が、自分のせいならいいと思う。

「まるで誘惑されているみたいだ……」

「……している、とお答えしたら、どうなさいますか？」

らしくない蠱惑的《こわくてき》な台詞は、セシリアの自分自身への嫉妬が言わせた言葉だ。それでも後悔も嘘も含まれてはいなかった。普段のセシリアならばまず口にしない内容ではあったけれど、祈りに似た気持ちが込められている。

至極真剣な面持ちのアレクセイがセシリアを見つめる。引き結ばれた禁欲的な唇とは裏腹に、漆黒の瞳には燃え盛る炎が揺れていた。

「セシリア……」

持ち上げられたアレクセイの頭に予感して、セシリアは眼を閉じた。アレクセイの唇が柔らかく触れる。幾度も啄《ついば》み、舌先で確かめ合って絡み合う。強く抱き寄せられた上半身は、隙間のないほど密着した。

後頭部に回された彼の手の力が緩み、漸く解放された時には、セシリアの息はすっかり上がっていた。潤んだ瞳を開けば、目尻に朱を走らせたアレクセイがいる。

「……今夜は、この部屋に泊まっていく」

「……はい」

その一言で、意味は充分伝わった。セシリアは微笑みながら頷く。きちんと自分を見て欲しい、その一心で。

肌を辿る手に記憶はなくとも容易に解けるのは、やはりアレクセイの手に安堵しているからなのだろう。頭は忘れてしまっても、セシリアの身体は覚えている。彼の愛撫を。重みと熱を。

だから怖れは想像よりもずっと少なかった。

時折チリチリと焦げるような焦燥を感じても、大きな悦びの前では瑣末な問題でしかない。セシリアは前だけを向き、ベッドの上で愛しい夫に手を伸ばした。

アレクセイが覆い被さり間近で眼を合わせた時は、どちらからともなく笑顔になる。過去に体験したであろうことなのに、セシリアには新鮮だ。いつもはきっちりと後ろに撫でつけられたアレクセイの髪が乱れるのを眼にしたのも、僅かに上気した彼の胸元を垣間見るのも、事実上初めてと変わらない。彼のあまりの艶やかさに、セシリアの胸は早鐘を打つ。

「セシリア……とても、綺麗だ」

「ありがとう……ございます」

セシリアは自分が特別美人でもないことなど、とっくに知っている。飛び抜けた醜女でもないけれど、よくも悪くも十人並みだ。だからアレクセイのような本当の美を目の当たりにして、気後れしている。だが、彼は極上の宝物のようにセシリアを扱ってくれる。今だって、触れる手は壊れものを賛美する如く慎重で恭しい。

幾度口づけを交わしても飽きることないアレクセイの唇の柔らかさに酔いしれ、セシリアが恐る恐る舌を差し出せば、待ちかねたとでもいうように彼の舌が絡みつく。それだけでもう、期待感で腰が震えた。

もっと触れたい、混じり合いたいという欲求が高まって、我慢などできなくなる。足りない欠片を求めるように、二人は固く抱き合ったが、それだけでは既に満足するには程遠い。

セシリアは、自分の中に隠れていた貪欲さに内心怯えていた。

アレクセイ以外見えなくなる。彼の言葉を盲目的に信じ、他には何も、誰も不要になる予感。酷く歪《いびつ》で恐ろしいのに、同時に魅惑的な香りを放つ彼への想い。

いつの間にかはだけられた胸の頂《いただき》には、存在を主張する果実が赤く色づいている。

「……っあ」

彼の指先が掠めただけで、膝が震えるほどの快感が生まれた。

「君はこうして優しく摩られるのが好きだったね。それから甘噛みされるのも……」

言うや否やアレクセイはセシリアの乳房に舌を這わせ、硬くなったそこを口内で弄んだ。もう片方は相変わらず指の腹で刺激したまま。

「……っ、はぁ、あっ」

尖らせた舌先で突かれながら唇を窄《すぼ》められると、泣き出したいくらい気持ちがいい。全身が粟立ち、背筋がゾクゾクと波打った。

「セシリア……夢みたいだ。またこうして君を腕に抱けるなんて……このまま死んでも、悔いはない」

「そんなの、嫌です……私にとっては、これからなのに」

懐かしむ過去を持たないセシリアにとっては、大切なのは今のアレクセイだ。だから、セシリアの中にかつての妻を探そうとする彼の視線には悲しみを覚える。

「貴方は昔の私を知っている。でも私は知らないし、求められても……困るのです」

「違うよ。昔の君も今の君も愛してる。それは身代わりとかそんなものじゃなくて、セシリアの本質が変わらないからだ。君は今も昔も純粋で優しい人だ。どんな氷も溶かしてしまう……」

そう告げるアレクセイの瞳の奥に通り過ぎたものは、複雑過ぎてセシリアには汲み取れなかった。だが、傷ついた表情にこちらの胸も軋んでしまう。

「教えてください。私は……どんな風に貴方を愛していましたか？」

「セシリアは……私を癒してくれた」

癒されたと言いながらもアレクセイは酷く苦しそうで、噛み締めている奥歯からはギリッと嫌な音がした。ぎゅっと閉じられた青白い目蓋が小刻みに震えている。聞いてはいけないことだったのかとセシリアが狼狽《うろた》えると、彼は淡く微笑んだ。

「君を失ったと思った時、もう世界などいらないと思った。全て壊れてしまえばいいと……いや、そうじゃない。セシリアを助けられなかった自分など生きている価値はないと思ったんだ……」

弱々しい告白にセシリアは息を呑んだ。そんなにも彼が自分を愛してくれたのかという思いと、危うく彼を失っていたかもしれないという怖れ。再会しなければ、セシリアの残りの人生は平穏なものだったかもしれない。山も谷もない平板な一生を送り、それはそれで幸福だった可能性もある。けれど、今はセシリア自身も彼を愛し始めている。一度甦ってしまった感情は厄介で、穏やかであっても空虚な人生を歩みたいとはもう思えなかった。

「アレク様が生きていてくれて、私は嬉しいです……」

アレクセイの逞しい肩に腕を回す。そのまま押し付けられるようにセシリアの身体はシーツに沈んだ。額に鼻に、広がった毛先にもキスが降り注ぐ。そして待ち望んだ唇にもそれは重なった。

アレクセイとのキスは気持ちがよく、頭の芯が熱を持ってぼんやりする。潤んだ瞳でセシリアは彼を見つめた。

「愛している。心の底から……君が愛おしくて堪らない」

溺れるほど繰り返される愛の言葉は、まるで何かを取り戻そうと足掻くか、埋め合わせようとするかのような切実さだと感じた。

情熱的に抱き締められ、アレクセイの香りを肺いっぱいに吸い込む。それだけで抱いた不安も霧散してしまうから不思議だ。いや、実際には眼を背けているだけなのかもしれない。それでも、いい。

「それなら、今の私も貴方の妻にしてください。私も貴方を……」

愛している、と告げかけてなぜか喉が詰まってしまった。その単語が禁忌であるかのようにいくら言おうとしても口から出てこない。

嘘をつこうとしている訳でもないのに、どうしてもその一言が言えなかった。

「セシリア……！」

セシリアの葛藤には気づかなかったのか、感極まったアレクセイに貪るようなキスをされる。下から見上げる光景には微かに既視感が刺激された。それが連れてくる朧《おぼろ》な影を振り払いたくて、セシリアは彼の首に回した腕を絡める。

「アレク様……」

耳元で名を呼べば、彼の鼓動が一際跳ねたのが分かった。けれどそれ以上に暴れているのは、セシリア自身の心臓の音だ。煩いほどの高鳴りが耳の奥で響いている。

少しずつ下がるアレクセイの手が、もどかしい。一番疼いて仕方ない場所を避け、焦らすように脇腹や臍《へそ》、太腿辺りを彷徨っている。蕩け出す渇望に耐えかねて、セシリアは脚を擦り合わせた。滲み出してくる何かはとても淫らな証《あかし》で、アレクセイに知られるのは恥ずかしかった。

「どうしたんだ？　何か言いたそうに見える」

　分かっているだろうに、敢えて問いかけてくる彼を睨み付けた。だが、そんな反抗など逆効果らしく、アレクセイは艶やかに微笑んだだけだ。

「触って欲しい……？　私は、触れたい。でもセシリアの許しがなければできないよ」

　求めて欲しいと言外に告げられ、眩暈がする。遅効性の毒に犯され、ゆっくり身体を支配されてゆくよう。やがて全身に回りきった甘い劇薬は、セシリアの理性も悩みも全て食い荒らしてしまうに違いない。

「……抱き締めてください」

「それだけ？」

「……もっと深く、触れてください」

　何一つ残らずに喰らわれてもいいと本気で思った。むしろ欠片さえ残して欲しくない。思い悩んでしまうならば、いっそ何もかも壊してもらいたい。この一瞬の幸福があれば、それだけで意味は生まれる。

　セシリアは自ら口づけを求め、身体を擦り寄せた。

　暴かれた身体を丁寧に舐められ、下肢に触れられた時にはもう、そこは充分に潤っていた。はしたない水音がセシリアの羞恥を煽《あお》ったが、アレクセイが陶然とした表情で歓喜を隠そうともしなかったから、心底安堵する。彼の指が動かされる度に、鮮烈な快感が弾けた。

「……っぁ、あ、あッ！」

　セシリアがいくら身を捩っても、一度捕らえられた快楽の芽からアレクセイの指が離れることはなく、それどころか閉じた入口への侵入を許してしまった。

「ふ、ぁあっ」

　じっくり摩られる内壁がわななき、体内を探る指を締め付けてしまう。同時に親指で敏感な場所を押し潰され、セシリアは一気に悦楽の階段を駆け昇った。

「あぁァッ」

「ああ……久し振りのセシリアの鳴き声は、耳に心地いい……この温もりを失って、どうやって生きていたのか今ではもう思い出せない……」

「……ッあっ、……や、ぁあっ、そんな……そこばっかり……！」

　執拗に弄られるのはセシリアが冷静ではいられなくなる所ばかりで、立て続けに与えられる淫楽に涙が滲む。腰を押さえ込まれ、感覚を逃がすこともできない。

「セシリアをもっと快くしてあげたいんだ。離れていた分、その前の分も含めて、君に奉仕したい」

「や、ぁっ、……な、何を……？」

　離れていた間の埋め合わせをしたいというのは理解できる。けれど、その前とは……？

　アレクセイとセシリアは、円満な夫婦ではなかったのだろうか？　政略結婚により結ばれ、自分は心を開く暇もなく分かたれてしまったということか。抱いた疑問は纏まる前に押し流された。

　折り畳まれたセシリアの脚の間にアレクセイが顔を埋める。あまりに淫猥な体勢に涙が滲んだが、少しでも閉じようと足掻く太腿を押さえられ、熱い視線を注がれる。

「そんなところ……っ、」

「この黒子を実際に見たことがある男は私だけだ。これからも、この先も、ずっと」

　湿った唇が柔らかな肌を食《は》む。チクリと吸い上げられる刺激で、セシリアはその場所を初めて知った。脚の付け根の際どい位置に甘い痛みが刻まれる。そのままアレクセイの舌は蜜源へと到達した。

　既に濡れそぼったそこを舌で転がされ、セシリアの腰は跳ね上がる。指で嬲《なぶ》られた時よりも、強烈な快楽。それがねっとりと押し当てられた舌により暴力的な強さでセシリアを責め苛む。

「んぁっ、あ、駄目……！　それは、変になる……っ!!」

「ここがセシリアが一番好きな所。よかった、変わらないね。……いいよ、いっぱいイって」

　黒い瞳が、じっと注がれている。セシリアの全てを見逃すまいと、熱心な視線が絡みついていた。しっかり太腿を摑まれているせいで、ずり上がることさえ叶わず、無防備に弱い部分を曝《さら》け出すより他に道はない。

「愛しているよ、セシリア」

「ふ、ぁっ、ああっ」

宣言通り、アレクセイは丁寧かつ執拗に愛撫を施した。指と舌、時には息を吹きかけてセシリアの理性を剥ぎ取ってゆく。合間に惜しげもなく囁かれる言葉は、全て愛を告げるもの。決して言い慣れていないと思われるのに、彼は照れることなく繰り返す。それはまるで、今言わなければという使命に駆られているようにも見えた。

恥ずかしくて顔を逸らすセシリアの顎を捉え、アレクセイは眼を合わせることを強要する。力ずくの強引さはなくとも、拒絶を許さない瞳が薄闇の中で光っていた。

「……ぁ」

「逃げないでくれ。頼むから、そんな素振りも見せないで」

頼りなく揺れる彼の虹彩は闇の色を従えている。夜を支配する王者の色。それなのに、酷く孤独に思える。もしも今セシリアが突き放したならば、たった独り迷子になってしまうかもしれない。

「逃げたりしません」

そのつもりならば、最初から命懸けで拒んでいる。どんな思惑が働いたにしろ、選んだのはセシリア自身だ。そして、今この状況を選択したのも自分自身。

手を伸ばしアレクセイの黒い髪を指で梳けば、体温よりも低い温度がサラサラとこぼれた。真っ直ぐでしなやかなそれは、アレクセイの気質をよく表している気がする。浮ついたところのない実直さ。そして厳格さの裏に秘めた情熱。絡まることなく流れ落ちる艶に

眼を奪われ、セシリアは幾度も彼の髪を撫でた。

「……擽ったいな」

やんわりと取られた手の平に口付けられ、そのまま指を一本ずつ舐められる。彼の口から覗く赤い舌は、犯罪的に悩ましかった。

「私も、擽ったいです」

「……ああ、もう駄目だ。我慢できない。本当はもっとセシリアを悦ばせてあげたいのに……君の中に入りたくて堪らない……っ」

許しを請うように余裕のない眼を向けられ、下腹部に溜まる熱は飽和状態になった。もうセシリアの欲張りな虚ろは、アレクセイにしか埋められない。それを互いに察している。

「お願い……っ、アレク様……！」

欲しいなどと淫らなことは言えない。それでも表情や眼、身体の変化で充分伝わったはずだ。押し付けてしまいそうになる腰を必死に宥め、セシリアは視線で強請《ねだ》った。一刻も早く繋がりたいのは、こちらも同じ。ひょっとしたら、渇望はセシリアの方が強いかもしれない。

「卑怯な男ですまない……」

「え？　……ぁ、あっ」

隘路《あいろ》を割《さ》くように屹立《きつりつ》が押し入ってくる。強引な侵入は苦しいはずなのに、それ以上の幸福感に満たされた。痛みは直ぐに別のものへと上書きされ、呼吸もままならない圧迫感もアレクセイが与えてくれるものだと思えば、愛しくて堪らなかった。

「君の中が、私を包み込んでくれる……っ」

力強く掻き抱かれて、耳に直接注がれる掠れた低音。ゾクリと震わせた背筋は、そのまま彼を締め付ける材料になってしまう。

「ぁ……っ、アレク様……！」

「相変わらず、きつい……くッ……、これじゃあ満足に動けない」

汗を滴らせ苦笑するアレクセイは、凄絶《せいぜつ》に官能的だった。艶やかな表情が眼から、あだめいた声は耳から、不埒《ふらち》な指は肌からの熱を煽ってゆく。そして、それら全てがセシリアを溶かしていった。

「……ひぁっ、ぁ、あんッ」

根元まで埋められた彼のものの形がはっきり伝わってくる。それを大喜びで迎え入れているのは、他でもなくセシリア自身だ。動いてくれないアレクセイに焦れ、うごめく粘膜が早く奥にと誘っている。

「……すごい、これだけで持って行かれそうになる……」

うっとり呟いた彼は、繋がった場所の上部に位置する赤い芽を指の腹で撫でた。すっかり膨れ上がったそこは、僅かな外気の流れにさえ反応を返すほど敏感になってしまっている。つまり、そんな刺激にはひとたまりもなかった。

「ぁあっ！」

背がしなったせいで、結果的にセシリアはアレクセイへ腰を押し付ける形になってしまう。当然更なる力が加わり、最奥の扉を抉じ開けられそうになった。爪先まで突っ張った脚がガクガク震え、嬌声以外の音が出てこない。人の言葉を忘れたように、鳴き叫ぶので精いっぱいだった。

「ここと、ここ……同時にされると、セシリアはあっという間に気をやってしまっていたね」

「わか……っ、ならぁ……ッ！　ぁあっ」

知っているならば、もう止めて欲しい。でなければ、次々与えられる快楽に気が狂いそうだ。止めどなく溢れる蜜がいく筋も腿を伝って、いやらしい水溜りを敷布に作っているのを感じる。だが、そんな羞恥さえ忘れてしまいそうになる。

改めてセシリアの両脚を大きく広げたアレクセイが、体内に留まったまま小刻みに身体を揺らす。最奥に密着したままの先端に子宮の入口を擦られ、目映《まばゆ》い閃光が瞬いた。

「うぁッ、ぁ、あっ……ああっ」

開きっ放しのセシリアの唇からこぼれた唾液を舐め取り、アレクセイは抜け出る寸前まで腰を引く。圧倒的な質量が失われる喪失感に淫らな内壁が彼を食い締めた。次の刹那、勢いよく叩き付けられた腰が聞くに耐えない水音を奏でる。肌と肌がぶつかり合い、汗が飛び散り、脳天へ突き抜ける快楽に蕩けそうになった。

「……ん、アッ、ああっ」

翻弄されるばかりだったセシリアの身体は、慣れるに従い大胆にアレクセイを求める。彼の腰に脚を絡め、突き上げる動きに合わせて共に淫らな感覚を追った。しっとり汗ばんだアレクセイの背中に手を這わせ、その筋肉の躍動を味わう。合間に口づけを求め、彼の黒髪が肌を擽るのにも悦を覚えた。

深く突き入れられたままアレクセイに弄られた敏感な芽は、苦痛の一歩手前の激しい悦楽を与えてくる。声を堪えることは最早難しく、そんなつもりさえ砕かれてセシリアは喘ぐだけの楽器になった。

重なる身体の間で押し潰されて硬くなった胸の頂が擦られ、そこと彼を受け入れている場所と、その上部にある快楽のためだけの淫らな粒の三点から与えられる刺激に狂いそうになる。けれど、セシリアが僅かでも逃げる素振りを見せれば、アレクセイの手により尚いっそう快楽の海に叩き込まれた。

「駄目だ、セシリア……拒まないで」

「拒ま……な、アアッ」

霞む頭では、アレクセイの言葉をおうむ返しにするのが精いっぱい。

考える余力は既になく、それでも彼の不安を感じ取った身体は無意識に動いた。溢れる色香を湛えるアレクセイの顔を見据えたまま、彼の頭を引き寄せる。今度はセシリア自ら舌を差し出した。

鼻を擦り合わせ、口内を蹂躙《じゅうりん》する。そんなセシリアを暫く自由にさせてくれていたアレクセイだが、拙《つたな》い誘惑がもどかしくなったのか、背中と首に手を添えると一息に抱き起こした。

「ひゃ、ぁ、あッ!?」

もちろん繋がり合ったままなので、セシリア自身の重みを受け、今までになく深い場所まで彼が到達する。グリっと擦られたところは、セシリアに甲高い悲鳴をあげさせた。

「ぁああっ、あ――ッ!」

「……っ、凄い。全部、持っていかれそうだ……」

滴るほどの色香を纏い、眉間に皺を寄らせたアレクセイが感嘆の溜め息を吐いた。湿った吐息に炙られて、セシリアの中が収縮する。

「ぁ、あ……」

「……すまない、セシリア……少し、乱暴にしてしまうかもしれない。最高に優しくするつもりだったのに、我慢できそうもない……」

セシリアの首筋に唇で触れたまま紡がれるアレクセイの言葉が、耳から浸透し指先まで染み渡ってゆく。

「え……?　っ、あ、ああっ」

意味を捉える前に、突き上げられていた。逞しい腕の檻に閉じ込められて、身を捩ることさえままならない。アレクセイの動きに翻弄されて、セシリアは彼の膝の上で跳ね踊った。

「あっ、はぁッ……ぁあっあッ！」

過ぎる快楽を逃そうと、縋るものを欲して愛しい男の頭を掻き抱けば、無防備に揺れる乳首を食まれてしまう。熱い口内で嬲られた果実からは、甘美な快感が突き抜けた。

「はぁ……そんなに締めないで」

「あっ、ゃ、もう……っ！」

「ああ……一緒に……っ」

肩を押さえられ、浮き上がれない身体は限界までアレクセイを飲み込む。それでも物足りないとでも言うのか、セシリアの中は奥へ奥へと彼を誘っていた。

「このまま……っ、」

「あ、ぁ、……っ、ああ――――ッ！」

腹の底に広がる熱が断続的に内側を濡らす。限界と思っていた果ては、その刺激で更に一段上へと駆け上った。音も光も消え失せる。セシリアの突っ張った手足が弛緩するまで、アレクセイの拘束が緩むことはなかった。

「……愛している……どうか、許してくれ」

意識の途切れる瞬間彼の苦痛に満ちた声が聞こえたのは、夢か現《うつつ》かセシリアにはもう分からなかった。

5. 家族

その日は、セシリアは朝から落ち着かなかった。

数ヶ月振りにハンスとセルマに会える。先日まで頻繁に交わしていた手紙で打ち合わせは完璧であっても、彼らが無事屋敷に到着するのを確認しなければ心配でならなくて、先ほどから部屋の中を行ったり来たりしている。

「奥様、そのように何度も確かめなくても……」

笑いを含んだエリザに窘められても、今日何度目か分からないがセシリアは窓から身を乗り出して外を見た。

「だって……」

「楽しみなのは理解いたしますが、そのようにされては危ないです。時間的にはもう着く頃ですから。落ち着いてくださいませ」

そう言われても、気を紛らわすための準備は全て済んでしまっている。あとはもう、彼らが来るのを待つばかりだ。浮き足立つ心に、いったいどれだけこの日を待ち望んでいたか今更ながら自覚する。

すっかり体調が回復し、畑仕事も一段落した義両親は、数日間アレクセイの屋敷に滞在することが決まっていた。久し振りの再会が待ちきれない。

顔を合わせたら、自分がどれだけ幸せかを二人に話そう。手紙にははっきり書かれていなかったけれど、きっとセシリアとアレクセイの仲を案じているはずだ。だから何も心配はいらない、自分は愛されているのだと教えて心労を和らげてあげなければ。

数日前の濃厚な夜を思い出し、セシリアは火照る頬をエリザから背けた。アレクセイに身体を許してから、もう何度交わったか知れない。回数を重ねる度二人は大胆になり、互いを激しく貪った。その間だけは、不安も何も忘れられる。『過去を知れば、君は私から離れてゆく』意味深なアレクセイの言葉は未だ胸に刺さる棘となっているが、きっといつかは疑問に答えてくれると半ば無理やり信じ込み、幸せだと己に言い聞かせた。

そんなことを考えていると、道の向こうから馬車が近づいて来るのが見えた。

「来たわ！」

ハンスとセルマを乗せた迎えの馬車に違いない。近隣には他の屋敷などなく一本道なので、目的地はこの屋敷に決まっている。セシリアは駆け出しそうになる足を宥めながら、出迎えるために階段を素早く下りた。

「お義父さん、お義母さん！」

馬車の扉が開かれるのも待ちきれず、声をかける。呼びかけに応えて開かれた中からは、瞳を潤ませたセルマが降りてきた。

「ニア……いいえ、セシリア……！」

「ニアでいいわ。だって二人がくれた名前だもの。好きに呼んでくれて構わない」

ロイに頑なに呼ばれたものとは意味がまるで違う。二人が望むのなら、セシリアは今日からの三日間をニアとして生きるつもりだった。手に手をとって再会の抱擁《ほうよう》を交わし、親愛のキスをする。

「いいえ、貴女はセシリアよ。――本当なら、私たちなんかが軽々しく口をきくことも許されない身分のお嬢様だわ」

セルマは寂しげに眼を伏せてしまい、セシリアも悲しくなった。

「やめて、お義母さん！　血は繋がっていなくても、私は二人の娘だわ……！」

「セシリア……」

薄情かもしれないが、顔も思い出せないままの実の両親よりもハンスとセルマの方が親という気がずっとする。たとえ過ごした時間は短くても、濃密な愛情を注がれた日々を消すことなどできない。

「そうだな。今日からの三日間は、セシリアは間違いなく私たちの娘だ」

後から降りて来たハンスがセルマごとセシリアを抱き締めてくれた。懐かしい日向の匂いに包まれて、早くもセシリアは泣きたくなってしまう。

「三日間だけじゃないわ。私はいつだって二人の娘よ……」

ぎゅうっとしがみ付き、幼子がするようにハンスの胸へ頭を擦り付ける。それは撫でて欲しいという無言の要求だ。ちゃんと汲み取ったのだろうハンスは、苦笑しつつも愛娘の要望を叶えてくれる。

「お客様と奥方様を屋外で立ち話をさせたなどと知れたら、私共が主に怒られてしまいます。どうぞ中にお入りください」

セバスに促され、邸内に入ったハンスは驚きに眼を剝いた。セルマも同様に辺りを見回している。これまで慎ましやかな生活を片田舎で送ってきた二人にとっては、貴族の館など生まれて初めて見るもので、その豪華さに呑まれてしまったらしい。

「な、なんだか私たちには不釣り合いだな……」

「そんなことないわ。その服も、とてもよく似合っているもの」

実際、今日の彼らの服装は普段の実用性を最重要視したものとはまるで違っている。紐で縛る作業服ではなく、ボタンを多用した仕立ての良い上品な服や革靴は、アレクセイが事前に贈ったものだ。セルマは初めて被ったボンネットが殊の外気に入ったらしい。

ハンスたちが気後れなどしないよう最大限の気遣いをしてくれたアレクセイにはとても感謝している。恐らくお膳立てされ迎えの馬車が来ない限り、ハンスもセルマも重い腰を上げてはくれなかっただろう。

「子爵には本当によくしていただいて……いくら感謝してもしたりないわ」

涙ぐむセルマが目尻をそっと拭った。

「ええ……本当に優しい方なの。私には勿体ないくらい」

「ああ、幸せなのが見て分かるわ。愛されている女の顔だもの」

愛おし気に頬を撫でてくれる義母の手は、以前よりずっと血色がよかった。荒れていた肌も落ち着き、若干太ったようにも見える。もとが細過ぎるからそれでも痩せてはいたが、健康的な肉づきにセシリアは心底安堵した。

「アレク様も二人に会いたがっていたのだけれど、急なお仕事が入ってしまったのですって」

本来ならば、セシリアと共に出迎える予定だった。けれど急を要する連絡が入ったとかで、暫く王都にある本邸から離れられなくなってしまったと昨日連絡が届いている。セシリアは本心ではとても落胆したが、それは態度に出さず『お仕事頑張ってください』とだけ返事を返した。

「そうかい。残念だが仕方ないな。きちんとお礼をしたかったのだが」

セシリアは眉を下げたハンスに笑み、道中疲れたであろう二人を早速部屋まで案内した。この日のために設えたのは、屋敷の中でも一番広い客間だ。セシリア自ら頼み込んで掃除を手伝い、選んだ花を飾って貰った。豪華さよりも居心地のよさを追求した一室は、会心の出来に仕上がっている。

「まぁ……素敵」

「素晴らしいな」

同時に漏らされる感嘆に満足し、荷解きは後回しにして二人をお茶に誘う。

「話したいことがいっぱいあるのよ。いくら時間があっても足りないぐらい」

それはお互い様らしく、頻《しき》りに恐縮する二人を座らせて、セシリアは久方振りに自らの手でお茶の準備を始めた。近頃は遠慮せず、したいことはちゃんと口にするように心がけている。エリザもそれを尊重してくれていた。

「二人とも元気そうで安心したわ」

腰や胸の痛みを堪える素振りを見せないハンスたちを眼にしたのはいつ以来だろう。笑顔の絶えなかったあの頃が、瞬く間に戻ってくる。それほど饒舌ではない三人なのに今日ばかりはお喋りが止まらず、離れていた期間を埋めるかのように、話題は尽きない。仲の良かった隣家の娘が嫁いだこと、今年は作物のできが素晴らしいこと、先日飼っていた鶏が逃げ出して大騒ぎになったこと……

次から次に飛び出す会話はどれも楽しく、あっという間に時間は過ぎる。笑い疲れて一息ついた頃、セシリアはロイから受け取った小瓶のことを思い出した。

「そうだわ。そう言えば少し前にロイが来たのよ」

「やっぱり……私が持っていたセシリアの小瓶を強引に持って行ったかと思ったら。けれどその後何も言わないし、セシリアからの手紙でも触れていなかったから、どうしたものかと思っていたんだよ。下手に教えて、不安にさせる必要はないしね。お前はあまり彼を快く思っていなかったし、子爵だって不快に感じられるかもしれないじゃないか」

「そうだったの……」

　思った通り、ロイの勝手な暴走だったらしい。ホッとすると共に、僅かな怒りが芽生えた。あれ以来彼が屋敷に押しかけて来ることはないからいいが、善意も過剰な押し付けは迷惑にしかなり得ない。

「ロイが何か迷惑をかけたかい？」

「いいえ、ただあの小瓶は何なのかと思って。わざわざ届けさせたのなら、大切なものなのかと……」

　ロイの行動がさも自分が引き起こした困りごとの様に消沈するハンスへセシリアは手を振って否定した。

「それが私たちにも分からないんだ。お前を助けた時にはもう、ポケットの中で栓が失われ中身がなくなっていたからね。水の中で洗われて痕跡さえ残されてはいなかった。もしかして持病の薬でも入っていたのならば大変だと医者にも相談したけれど、その心配はないと言われたしね。でも紛れもなくセシリアのものだから、いずれは返さなければと思っていたんだよ。とはいえ、すっかり最近まで忘れていたのだけれど」

　ポケットは、肌着の上に袋状の布を紐で括り付ける形だ。そこへドレスに開いたスリットから出し入れすることになる。濁流によりドレスは傷ついても、その下は幾重もの布に阻まれ無事だったらしい。

「そう……」

あの小瓶は特に高価なものではないと思う。宝物には到底見えないから、内心ではロイがセシリアを訪ねる口実にするためについた嘘とさえ思っていた。けれどハンスの話によると確かに元々セシリアが持っていたものらしい。

――あんな何の変哲もない薄汚れたものを、どうして……？

考えようとすると、頭痛に襲われる。それからなぜか身体が重だるくて仕方ない。顔を顰めそうになるのを堪え、セシリアは思考を断ちきった。

「二人とも喉が渇いたでしょう？　このお茶はとても美味しいの。お代わりも沢山あるわ。それにここの料理人が作ってくれるお菓子も最高なのよ」

せっかくの再会へ水をさす必要もない。気にならないと言えば嘘になるが、セシリアは話題を変えた。実は甘いものに眼がないセルマが瞳を輝かせ、そんな妻をハンスは愛おしそうに見守っている。柔らかな空気の中、セシリアは幸せを噛み締めていた。優しい義両親に愛しい夫。親切な使用人に囲まれた不足のない日々。それなのに――ふとした拍子に顔を覗かせるのは、過去からの警告だった。

白昼夢《はくちゅうむ》はいつも冷たい水の姿を借りている。「忘れてしまえ」「取り戻そうとするな」とセシリアに囁き続ける。

幸福に浸《ひた》るほどに何かが遠ざかり、幸せだと繰り返す度、自己暗示ではないかと自問する。結局、淫猥な行為に耽るのは、不安の裏返しなのだから。

愛することに怯える臆病なセシリアは、アレクセイを求めつつ深いところまで知るのを拒絶しているのではないかという思いを振り払えない。

「お義母さん……お義母さんは、お義父さんを愛して不安になったことはある？」

湯気の立つカップを両手で包み、波紋を広げる琥珀《こはく》色の液体をセシリアは見つめた。

「セシリア……？」

「私ね……上手く言えないのだけれど、不安になるの。幸福を感じれば感じるほど、それ以上に育つ戸惑いがあるのよ。お義母さんはどうだった？　そんな風に思うのは、私だけ？」

躊躇わせるのは、初めて尽くしの生活に怯えているからか。それとも失われた時に理由があるのか。

過去の自分自身への嫉妬だけが原因ではきっとない。

考えても、答えは混沌の闇に沈んでいる。少しでも解答を得るきっかけにしたくて、セシリアはセルマに問いかけた。

「信じたいのに……彼の言葉に嘘がないか探してしまうの」

「それはねセシリア、貴女が恋をしているからよ」

穏やかに笑んだセルマは、そっと頬を撫でてくれた。そしてそのまま頭を撫でてくれる。

「恋……」

「そう。恋。あれはとても厄介《やっかい》な代物なの。しようと思ってできるものじゃない。気がつけば落ちているものだから、抑えようとしても不可能だし、理性の力でどうこうできるものとは違うのよ。時には酷く傷つくこともあるわ。でもね、愛情は少し違う。それは育むもの。どちらか一方からの気持ちだけでも成立する恋と違って、互いに時間をかけて築いてゆくものなの」

「よく……分からないわ……」

「そうね。実は私もよく分からないわ」

微笑むセルマは急に若く艶めいて見える。

「恋も愛もとてもよく似ているし、結局は同じ根源から生まれるものかもしれないわね。だけど長い人生、一緒に歩むためには好きという感情だけでは上手くいかないこともあるのよ。時には試練を乗り越えなければ共に生きられないこともある。貴女にとっては、今がその時なのかもしれないわね。恋は自分が幸せになりたいもの、そして愛は相手を幸せにしたいもの……私はそんな風に考えているわ」

セルマの言うことは難しくて、セシリアは煙《けむ》に巻かれた心地がした。でも僅かに納得している自分もいる。ただ楽しいだけ、求めているだけでは得られないもの。そして二人が歩み寄り努力しなければ維持できないもの……それがセシリアにとって理想とするハンスとセルマたちのような関係。そこへ至るには、自分にはまだまだ色々なものが足りな過ぎる。

「……でも私、アレク様と生きていきたい」

「大丈夫よ。貴女なら、きっとできるわ。だからアレクセイ様をもっと信じてご覧なさい。そうすれば、これまで見えなかったものが見えてくるかもしれないわよ？」

「お義母さん……」

「おいおい、女だけの内緒話はそれくらいにして欲しいな。私だってセシリアと話したいんだから」

拗ねたように唇を尖らせる初老の男性の姿に吹き出して、三人は笑い転げた。


楽しい時間はあっという間に過ぎてしまう。約束の三日間は瞬く間に終わり、ハンスたちは名残惜しげに帰っていった。これが永遠の別れではないと知っていても、別離は悲しい。お互いに涙を堪えられず、影も見えなくなるまで手を振り続けた。

賑やかだった屋敷が一気に静寂へと傾く。それは元に戻ったに過ぎないのに、一度味わってしまった陽気な時間との対比が、殊更に寂しさを強調する。孤独感を刺激され訳もなく泣きたくなり、セシリアはすっかり自分が弱くなっていることを自覚した。

そしてポッカリ空いてしまった心の隙間に思い出すのは、ただ一人の男性。

いつの間にか、アレクセイの存在がセシリアの中で大きくなっている。彼が傍にいないと頼りない気持ちになり、こんなにも心許《こころもと》ない。それが、数日間ハンスたちと過ごし、そして別れた果てに得た結論だった。今だって彼の気配を探してしまう。

今日も届いたアレクセイからの贈りものは、花。セシリアの首に掛かるルビーと同じ深紅の薔薇を中心に、黄色や白の花々が取り巻くように咲き誇っている。大輪の花からの芳《かぐわ》しい香りが部屋中を満たしてくれた。だからこそ——彼の不在が胸に迫る。会いたいと、願ってしまう。

まるで依存だ。溺れるほどに彼だけを求めてやまない。こんな風になど、なりたくはなかったのに。

そうは思っても、どうしようもなく心が傾いてしまうのだ。

無意識にセシリアの彷徨う手はペンダントを弄っていた。

——次にお会いできるのはいつになるのかな……

寂しさを紛らわすための読書にも飽き、窓から遠くを眺めた。今セシリアがいる部屋は、この屋敷に戻って以来使っていた場所とは違っている。もっと広くて、ベッドも大きい。二人で安らぐための部屋。つまり、アレクセイとセシリア二人の寝室だった。

身体を重ねた翌日から、セシリアの部屋はごく自然に大婦の寝室へと移されていた。とは言っても、セシリアが落ちた窓のある部屋ではない。別の広い客間を改装し、今ではそここそが主寝室となっている。

抱き締め合って眠り、もう何度夜の帳が下りるのを数えただろう。一人では冷たいと感じるシーツも、密着して眠れば熱くて堪らない。けれど離れたいと願ったことはなく、アレクセイの腕の中はセシリアにとってどこよりも安心して眠れる場所となっていた。その感覚を思い出すと、胸に温かなものが広がると同時に、淫靡な熱も灯される。

「セシリア様！　旦那様がいらっしゃいましたよ！」

溌剌としたエリザの声に驚いて顔をあげれば、アレクセイが笑顔で入ってくるところだった。

「……え？　今日はお会いできないと思っていました」

贈り物が届くというのは、彼が今日は来られないという合図だ。だから朝早くやって来る配達人は、セシリアにとって落胆の象徴になっている。

「仕事が思いの外早く片付いてね。明日来るつもりだったけれど、一日早めてしまった。……寂しかった……？」

「はい……」

最後に会った日から十日は経っている。こんなに長く顔を合わせないのは初めてで、正直セシリアは心細かった。合間にハンスたちが来てくれなければ、寂しさに押し潰されていたかもしれない。素直に頷くのは恥ずかしかったが、頬を赤らめつつアレクセイを見つめる。

身体に添う黒い上衣がとても似合い、硬質な艶を醸し出していた。意志の強そうな眉や切れ長の瞳も、高い鼻と薄い唇も、セシリアの知る彼と変わらない。けれど見飽きることなどあるはずもなく、視線でアレクセイの輪郭を撫で上げた。

「……っ、」

彼は息を詰まらせ眼を見開き、そしてみるみる真っ赤になる。自分で聞いておきながら、そんな反応があるとは思っていなかったらしい。

「っ、こっちを見ないでくれ」

顔を逸らされてしまったせいで、セシリアからアレクセイの表情は窺えない。けれど熟れた果実の色に染まった耳が黒い髪の間から覗いていて、セシリアの胸を高鳴らせた。

「アレク様？」

「君が突然そんなことを言うから……っ」

こんな風に焦る彼は初めて見た。とても可愛らしくてセシリアの中に悪戯心が生まれてしまう。向けられた背中へと背後からそっと触れた。

「……!?」

「会いたくて、堪らなかったです。お仕事お疲れ様でした。今日お会いできて、嬉しいです」

それは紛れもなく本心で、背中越しにも響き渡る彼の鼓動がセシリアの胸も締め付ける。同じ速さで刻まれるリズムがピタリと重なって、互いに一つになる錯覚がした。

——素直になろう。お義母さんの言う通り、この先は築き上げていくものなんだから……。

決意も新たに強くなろうと心に決めた。そのためにはまず、彼を愛する気持ちを解放しよう。箍《たが》を嵌《は》めていた本心を自由にする。

「――アレクセイ様、お取り込み中のところ申し訳ありません」

控えめな咳払いと共にセバスに声をかけられ、セシリアは慌てて手を戻した。人目があるのを忘れていた。恥ずかしくて頬が真っ赤に染まる。

「何だ、セバス」

「実は……」

僅かに不機嫌な声音になったアレクセイが振り返る。有能な執事はそっと主に耳打ちすると、指示を待つ。

「……仕方ない。応接室に通してくれ」

「かしこまりました」

眉間に皺を寄せたアレクセイは明らかに不快そうだ。セバスもまた、普段通りに振舞ってはいるが、戸惑って見える。

「……すまない、セシリア。来客があって暫く対応しなければならない。できるだけ早く帰すから」

「そんな。お客様なのでしょう？　私のことはお気になさらずに」

こんな場所まで来るのだから、大切な用事でもあるのだろう。仕事関係かもしれない。それならばきちんと応じなければ。

「――すぐに戻る」

アレクセイは苦々しい表情のまま部屋を出て行った。

「……ねぇ、エリザ。私もご挨拶した方がいいのかしら？」

後方に控えるエリザに声をかければ、なぜか焦る雰囲気が伝わってくる。

「必要ないのではありませんか？　大切なお客様でもないようでしたし」

「でも……」

自分はアレクセイの妻だ。同じ屋敷内にいるのに、姿も見せないのは非常識ではないか。どんな客かは分からないが、本邸ではなく、わざわざこちらにまで脚を運んだということは、それ相応の用件があるのだろう。

「やっぱり、ご挨拶だけでも」

何より、アレクセイに相応しい女主人として役割を果たしたかった。

立ち上がり、応接室へ向かう。エリザは止めようとしたが、立ちはだかるような無礼な真似はしなかった。

固く閉ざされた重い扉は、それだけで威圧感を放っている。ノックしようと持ち上げた手に、セシリアは既視感を覚えた。

――いつだったかも、こうしていたかしら……？

途端、鋭い痛みが胸を突く。あの時とは扉が違う。でも中にいたのはアレクセイ。浮かび上がる断片はセシリアを切り裂く鋭利な破片。

「ぁ……」

聞いてはいけない――よろめくように下がった瞬間、扉が大きく開かれた。

「この冷血漢が！　恩を仇《あだ》で返しおって！」

「!?」

憤懣《ふんまん》やる方ないとばかりに怒声を響かせた恰幅のいい男がセバスに廊下へ促されている。

セシリアは慌てて壁際に避け、室内からの死角に入った。

「恩？　そんなものがあるのかは疑問ですが、充分見返りはあったはずですよ。貴方が分不相応な欲をかかなければね」

低い声に感情は感じられない。興奮しきった男とは対照的に落ち着き払った言葉は、確かにアレクセイのものだった。

「関係のない場所での小遣い稼ぎ程度でしたら見逃しましたが、さすがに取引先へ水増しするのは目に余る。貴方は引き際を見誤ったということです」

「下賤《げせん》な若輩者《じゃくはいもの》が調子に乗って……！」

「その身分卑《いや》しい若造に、貴方は用済みと判断されたのですよ」

聞き慣れたはずの男の声で奏でられる冷笑が、セシリアの背筋を震わせた。

聞いたこともない冷たい台詞。凍えた空気。

――いや、違う。かつて私はそんな彼を見たことがある。それも、私自身へ向けられた害意と共に――

「ぶ、無礼な！　私を誰だと……っ！」

「セバス、お客様のお帰りだ。外まで送って差し上げろ」

「待て！　私には家族がいるんだ！　子供達まで路頭に迷わせる気か!?」

取りつく島のない冷淡なアレクセイに、今度は縋り付くようにして男は再び室内に押し入った。セバスが押し留めているのか、揉み合う物音が漏れ聞こえる。

「それこそ、身から出た錆《さび》でしょう。溜め込んだ財を吐き出せば、暫くは飢えずに済むのでは？　その間に生活を立て直してはいかがです。貴方には三人も息子がいるでしょう。残念ながら、まともに働いているのは一人もいらっしゃらないようですが、まずは彼らを何とかなさっては？　これまでのような生活は無理でしょうが、身の丈に合った暮らしをすればいい」

「貴様……！」

どくどくと心臓の音が煩い。立ち聞きしているという後ろめたさもあいまって、セシリアは身動きが取れなかった。刃のような言の葉の切っ先が自分へと向けられている気がする。乱れた呼吸の下で、大きく喘いだ。

「私は、無能な裏切り者にかける慈悲など持ち合わせていないのですよ」

「……地獄に堕ちろっ!!」

「……、きゃッ」

壊れる勢いで全開に開かれた扉の勢いに驚いて、セシリアは悲鳴をあげた。それは当然男にも、そしてアレクセイの耳にも届いた。

「セシリア……っ」

「――これはこれは奥様……お久しぶりですね？」

顔色の悪い男が皮肉げに頬を歪めた後ろで、アレクセイが立ち上がったのが見える。その顔はセシリアを認めて強張っていた。

「あ、あの、すみません。立ち聞きするつもりじゃ」

「貴女も中々強《したた》かな方だ……成金に身を売った甲斐もあったというものでしょう？」

下品な男の物言いにセシリアは息を呑んだ。それに気をよくしたのか、男は下卑《げび》た笑みを深くする。

「あの冷酷な男にはお似合いですよ。せいぜいお飾りの妻として頑張ってください」

「やめろ!!」

平板《へいばん》だったアレクセイの声が怒りを帯びる。凍えた仮面をかなぐり捨て、セシリアの傍まで来ると、男から背後に庇った。

「出ていけ。二度と、来るな」

アレクセイの鋭い眼光に男は気圧され、先に眼を逸らす。まだ言い足りないようではあったが、明らかに雰囲気の変わったアレクセイに呑まれたらしい。

「――セバス、放り出せ」

「――かしこまりました」

往生際悪く騒ぎ続ける男をセバスが引きずってゆく。残されたのは、押し黙ったままのアレクセイとセシリアだけ。気まずい沈黙が重くのし掛かる。

「……幻滅したか?」

「え……?」

絞り出されたアレクセイの声に、セシリアの肩が跳ねる。

「聞いていただろう。冷酷な男だと……そう思ったのじゃないか」

確かにそれは否定できない。ことの仔細《しさい》は分からないが、温情溢れる対応には見えなかった。

きっと、この屋敷に来たばかりの頃ならば、間違いなくそう思っただろう。冷たい酷い男だと、アレクセイを詰《なじ》ったかもしれない。でも今は――

「何かアレク様には訳があるのだと思います……そうしなければならないだけの理由があったのでしょう?」

「……!」

顔を強張らせるアレクセイへセシリアは視線を合わせた。

「お仕事の話は、私には分かりません。ですからアレク様を信じるしかない。私には……貴方の方が、辛そうに見える……」

必死に虚勢をはるように、肩を怒らせ他者を威嚇しているようだ。もうそれが板につき過ぎて自然な形に見えなくもないけれど、セシリアにはアレクセイが無理をしているように映る。

「そんなに、強がらなくても大丈夫です。私の前でくらい、弱音を吐いてもいいんですよ。どんな正当な理由があっても、他者を傷つけるのは、愉快なことではありませんから……」

　まして、敢えて辛辣な言葉を選ぶとなれば。少なくとも、セシリアの眼には、アレクセイが苦痛に満ちているように見えた。

　眼前の黒い瞳が頼りなげに揺れている。セシリアは湧き上がる衝動に従って、彼の頬に触れた。

　瞬間、びくりと震えた身体は、セシリアさえも拒絶したがっていた。

「怖がらないで……」

　まるで毛を逆立てる野生の獣だ。下手に手を出せば、引っ掻かれるだけでは済まないかもしれない。それでも。

「私は、貴方を信じたい」

「君は……っ、やっぱり、昔と変わらない。そうやって、私の弱さも見抜いて、受け止めてくれる」

　恐々重ねられた手がアレクセイの頬に押し付けられ、そして掌《てのひら》に口づけされた。

「唇にしてもいいか？」

『どうぞ』などと答えられるはずもなく、慎ましやかに睫毛を伏せれば、彼の指に顎をすくわれ上向かされた。啄むキスに眩暈がする。次第に深くなるそれに応え、ぎこちなく舌を絡めて、互いの身体が熱く滾ってゆく。

「ん……ふ、」

「薔薇の香りがする」

口の端に触れ合わせたまま動く唇が擽ったい。

「アレク様がお好きだからと、エリザが」

入浴後いつも惜しげもなく塗り込められる香油は、無数の薔薇から作られた貴重なものだ。何千、何万という花から僅か数滴しか得られない非常に高価な代物。それをセシリアの全身へマッサージと共に塗りながら、エリザは「混ざりものの一切ない自然物ですから、舐めても大丈夫です！」と、いい笑顔で言っていた。あの瞬間の居た堪れなさを思い出し、セシリアは赤面してしまう。アレクセイの訪れがなくとも、エリザは「準備だけはしておかないと」と欠かさない。

「そう……じゃあエリザの素晴らしい働きに、特別手当を出さなければならないかな？」

微笑み合い、キスをした。

「今すぐ、君にもっと深く触れたい」

「え、でも、まだこんなに日が高いのに……？」

「関係ない。休みなのだから、どう過ごそうと自由なはずだ」

余裕なく、アレクセイの腕がセシリアの腰に回る。引き寄せられた距離は近過ぎて、互いの吐息が混ざり合う。

先ほどまでの冷徹に男を切り捨てた人物と同じ人には思えない。セシリアが逃げ出しはしないかと怯えて縋る、自信のない子供のようだ。

言葉で、態度で求められ、セシリアの胸は高鳴った。

「……」

了承の代わりにアレクセイの胸へ寄りかかり、瞳を閉じる。

自分の眼を信じたい。捉えられない過去に怯えるのではなく、誠実なこの人を。義両親への気遣いはもちろん、傷を負った小動物にも優しい人。弱さを隠そうと虚勢を張る、そんな人。

――傍にいたい。寄り添っていたい。

解かれた髪が背に流れ落ちる。その微かな刺激にさえ、甘い震えが呼び起こされた。アレクセイの触れる場所、その全てが熱を帯びる。

「寝室まで、我慢できない……っ」

「ア、アレク様……っ？」

力強く抱かれた腰がしなり、セシリアは自然と上向いた。見上げた先で欲に潤んだアレクセイの瞳とかち合う。その中に映るのは、同じように頬を上気させて期待に満ちた女の顔だ。

「君が悪いんだよ？　あんなに可愛いことを言うから……とても我慢などできない」

「そ、そんな……！」

応接室に連れ込まれ、ソファーに押し倒されるまで時間は掛からなかった。あたふたと戸惑っているうちに、アレクセイが覆い被さってくる。

「だ、駄目です……！　こ、こんな所で……っ」

羞恥心がセシリアにアレクセイを拒絶させた。けれど突っぱねた腕を取られ、あまつさえ指先に口づけられる。セシリアの腰を跨いで膝立ちになったアレクセイからは、濃密な誘惑の匂いがした。切れ長の目尻が微かに赤く染まっていて、それが彼の欲望を示していると気づいたのはいつからだったか。見下ろされる視線と生温かい舌が爪を彷徨う愛撫に、奥底のざわめきが増してしまう。

「……ぁっ、」

「指を舐められただけでそんな声を出して……いけない人だ」

理性はきちんと残っているのに、流されたがる本能が顔を覗かせた。このまま身を任せてしまいたい欲求に逆らうのは難しい。なぜならセシリア自身もまた、アレクセイを求めている。

「抱きたい。セシリア」

真剣な瞳に射貫かれて、一瞬呼吸が止まった。はぐらかす選択肢はもう見つからず、跳ね回る鼓動の音が煩くて血潮の流れまで聞こえてきそうな気がする。口の中は渇いてゆくのに、下腹部は甘く潤い疼いている。

妻としての義務などではなく、セシリアは自然に頷いていた。

アレクセイの手がセシリアのドレスに掛かり、胸元のリボンを解く。緩んだ襟ぐりからは、白い乳房がこぼれ出た。ツンと尖った頂は、既に主張し硬くなっている。

「は……ぁあっ」

熱いアレクセイの口内でそこを嬲られ、ぞくぞくと肌が粟立つ。背筋を上る快楽がセシリアの身を捩らせた。足首まで覆う長さの裾はたくし上げられ、しなやかな脚が露出してしまっている。

それを味わうようにアレクセイが脚の付け根に向け手を滑らす。ゆっくりとした動きはもどかしく、焦らされたセシリアの心が飢えを叫んだ。

「アレク……様っ」

「何だい？　どうかした？」

分かっているくせに。それなのに、決定的な刺激は与えてくれない彼に苛立ちさえ覚えそうになってしまう。触れて欲しいのは、もっと奥。指や舌では届かない場所だ。

「あの、私……っ」

けれど、言える訳もない。そんな淫らなことは。

「セシリア、聞かせて。君がどれだけ私を欲してくれているのか」

懇願は、酷く哀愁を帯びていた。絶え間なく揺れる瞳の奥に、不安な色が見え隠れする。

「そんなこと……」

「聞きたいんだ。セシリアの口から君の言葉で」

お願いだからと縋られて、額を押し付けられた胸が少し苦しい。剝き出しの乳房がアレクセイの吐息に擽られた。

「この奇跡が、まだ現実だと信じられない。幸福な夢の中を揺蕩っているだけなのではと怖くて堪らないんだ……目が覚めたら、また絶望の中に取り残されているんじゃないかと」

「……私は、ここにいますよ？」

人の頭は案外重いものだと新たな発見をし、触り心地のいい黒髪に指を滑らせる。サラサラと逃げる毛先を絡め、思いのままアレクセイを抱き締めた。

――彼も、私と同じなんだわ。

不安で、確かな証を欲しがっている。

「本当は、たとえ夢でも構わない。それなら永遠に目覚めなければいいだけだから。セシリアのいない世界なんて価値はない……」

背中が仰け反るほどの力で抱き寄せられ、セシリアの肩が敷布から浮いた。求められる言葉と腕の強さに、涙が滲む。

――信じたい。彼の全てを。

「私も、貴方がいないと生きてはいけないと思います……」

今言える精いっぱいの台詞だった。本当は様々な言いたいことが内部で渦巻いていても、いざそれらを取り出そうとすると皆器用に逃げてしまう。まるで失われた記憶と同じだ。手を伸ばせば届きそうな場所で、卑怯にも存在感だけを主張するくせに、決して触れさせてはくれないのだ。

「セシリア……！」

感極まった吐息を漏らし、アレクセイの拘束が更にきつくなる。さすがに苦痛を感じ、広い背中を叩いて告げれば、泣き笑いの表情の彼がいた。

「この腕の中に閉じ込めておかないと、また失ってしまいそうな気がする」

何をそんなに、と嘲ることは難しかった。そんな冗談は許されない雰囲気がアレクセイから漂っている。

真剣な眼差しに囚われて、セシリアもこれが夢でもいいと思う。もしもそうならば、このまま二人きりで眠り続けるのも悪くはない。目覚めたいとは願わない。

「愛している」

合わせた唇は甘かった。柔らかさを確かめながら、互いの衣服も剝ぎ取ってゆく。今この時ばかりは、身を隠し守るはずの布は邪魔な代物でしかない。

はだけられた肌に吸い付かれ、微かな痛みと共に赤い花弁が散った。幾つも幾つも、首に胸に腕の付け根にも丁寧に熱心に刻まれる。

「……ぁっ、あ」

まろやかな双丘をすくい上げられ、合間に乳首を爪で掠められれば、嬌声を抑えることなどできやしない。そうなれば、あとはもうアレクセイの思うままに奏でられてしまう。

脇腹を彷徨っていた不埒な手が、軽い圧を加えながら下りてゆく。期待に潤う場所を持て余したセシリアは、無意識に身をくねらせ強請る。

「いやらしいね、セシリア。どこでそんな誘惑を覚えた？」

「ち、違……っ」

頬どころか全身を朱に染めて涙ぐむセシリアを愛おしそうに眺めたアレクセイは、長い指を彼女の足の付け根へ滑らせた。

「ひゃ、ぁあっ」

まだ内部へ差し入れられた訳でもないのに、表面を刺激されただけで腰が震える。難なくぬめる動きが、既にセシリアの準備が整っている事実を突き付け、湧き上がる羞恥心が脇に追い遣られるほどの甘い快楽に、頭は支配されていった。

それでも声を出してはいけないという最後の理性は残されていて、セシリアは必死に唇を噛み締める。昼日中から寝室でもない場所で、淫蕩に耽る背徳感に溺れたくはなかった。

「ん、んん……っ、ふぅ……ッ」

しかし口を押さえて眼をつむる悦を逃すための行為は、思惑に反して更に情欲の炎へ薪をくべるだけだった。視界を閉ざしたせいで、アレクセイの手が次にどこへ触れるか分からなくなり、残る五感の全てが集中してしまう。詰めた息が頭をボンヤリさせ、快感を増幅する。そんなセシリアの痴態を余すことなく眼に焼き付け、アレクセイが満足そうに微笑んでいるなどとは、夢にも思わなかった。

「もっと鳴いて。その可愛らしい声を聞かせて」

手首を取られ口の覆いを外されてしまい、恨めし気に見やれば、深いキスが降りてきた。

「……ん、ぁ」

その心地よさに浸っていると、再び下肢を攻められる。今度こそ中へ沈められたアレクセイの中指がセシリアの感じる箇所を擦り上げた。

「……っ、あ、あッ」

ビクリと跳ねる身体をアレクセイ自身で押さえ付けられ、揺れる胸も揉まれてセシリアの眦《まなじり》からついに涙がこぼれる。苦痛からではない雫を舐めとったアレクセイは一言「甘い」と呟いた。

「どんな美酒よりも私を酔わせる」

「……ゃ、あ!?」

片脚を持ち上げられ脛に口付けられたことよりも、セシリアを焦らせたのはその体勢だ。片方の膝を折られたことにより、溢れんばかりに濡れそぼった場所を晒してしまう形になる。アレクセイの熱い視線が注がれているのを蜜源に感じ、一気に体温が上昇した。

「そ、そこは見ないで……っ！」

「今更。もう何度も見ただけでなく、触れてもいるし味わってもいるよ」

「そんな恥ずかしいこと言わないで……!!」

慌てて隠そうと伸ばした両手は容易に絡め取られ、頭上に張り付けられた。アレクセイは大して力を込めているようにも見えないのに、ビクともしない。確かに彼の言う通りなのかもしれないが、行為に慣れているかどうかは別問題だ。セシリアは未だ初々しい反応しか返せないのに、身体だけはすっかり花開いているのが厭わしい。繊細ながらも大胆なアレクセイの指により、みるみる泉が溢れ出す。太腿を濡らし、敷布へと染み込む淫靡な水が言葉よりも雄弁にセシリアの本心を表していた。

アレクセイに触れられるのが嬉しい。求められていると思うと心の底から興奮する。

「言って。どうして欲しいか」

「あ、あ……っ、もっと触っ、て……」

ついに均衡を崩した本能と理性のせめぎ合いは、原始的な欲求の勝利に終わる。一度口にしてしまえばもう、雪崩《なだ》れ込むようにアレクセイを欲することしか頭に残らない。セシリアは閉じようと足掻いていた膝から力を抜いて降参した。

「触るだけ？」

アレクセイはすぐにその望みを叶えてはくれたけれど、それだけだ。緩々と撫で摩られるのみ。時折敏感な蕾を掠められても、決定的なものは与えてくれない。

「ぁっ……意地悪……ッ」

「セシリアが素直に言ってくれたら、すぐに望むものをあげるよ」

耳に直接流し込まれる低い声と吐息が媚薬に変わる。耳朶《じだ》を食まれ、生温かい舌が捻じ込まれれば、肉欲を伴う愛情が煽られる。

「……欲しい……っ、です」

「何を……？」

アレクセイの妖艶な笑みにセシリアの羞恥は欲望に凌駕され、掻き消えた。

「アレク様が……っ、欲し……アッ、ああっ！」

セシリアが言いきるよりも早く、望みのものは与えられる。一息に埋められる灼熱の杭。すっかり解れて待ち望んでいた蜜口は難なくその全てを飲み込んでしまう。

「あぁ……っ、深い……っ」

「は……」

凄絶な色香の詰まった声が漏れ聞こえ、アレクセイの顔が見たくて目蓋を押しあげれば、快楽を耐えながらセシリアから眼を離さない彼の真剣な眼差しに射竦められた。

「アレク様……」

「もう一度、呼んで」

「アレク様……！」

請われるままひたすら名前を繰り返した。その全てに返事をし、アレクセイは口付けで応える。上も下も繋がりあったまま大きくなる水音が卑猥に響き、欲望の温度を上げてゆく。

屹立を受け入れた直後の息苦しさに慣れてしまえば、その先が恋しくなる。だが、いつまで経っても動く気配のないアレクセイより先に限界を訴えたのはセシリアだ。

「アレク様……ん、ぅ……」

「君の望み通りにしたよ？　次はどうしようか」

玉の汗が、しなやかな筋肉に包まれた胸から腹に流れ落ちてゆく。引き締まった肉体は芸術品より観賞に値し、女とは明らかに違う美しい男の身体に、セシリアは暫し見惚れた。

「……ぃ、て……くださぃ……」

恥を忍んで懇願する。声は震え、語尾は掻き消えた。赤く熟れた顔は、今にも発熱して燃え上がりそうだ。

「聞こえないよ、セシリア」

「動いて……っ、お願い！　アレク様をください……！」

もう、身の内から湧き上がる淫欲をはぐらかすことなどできない。愛しい人に満たされたいという本能以外、何もかもが消え去った。

「あげるよ、全部」

「ああっ、あ、ぁあッ」

抜け出る寸前まで引かれたアレクセイの腰が荒々しく叩きつけられる。肌のぶつかる乾いた音と、ぐちゅぐちゅと濡れた音が部屋に響き、セシリアの鼓膜を揺らした。

不安定なソファーの上、落ちないようにする為にはアレクセイの身体に脚を絡めるより他ない。セシリアは両手を彼の首に回し、必死にしがみ付いた。それは、繋がりを更に深める結果となる。

「だから、セシリアも私にくれないか」

「何、を……、ん、ぁあっ、はぁっ」

あげられるものなど、生憎何も持ち合わせてはいない。きっとアレクセイの方がセシリア以上に全てを知っている。

「……この先の人生を、共に生きると誓ってくれ。二度と私の前からいなくならないと……」

「あ、ぁ……ッ、何……？」

問い質《ただ》そうとしたが、立て続けに与えられる波に呑まれ、思考は白く塗り潰された。汗に塗《まみ》れた躍動する肉体に抱かれると煩わしいことなど忘却の彼方に消え、共に駆け昇ることしか考えられなくなってしまう。

「ふぁ、あ、あアッ」

柔らかく解れた内部が独立した生き物のように彼を奥へと誘い、淫らな動きで収縮する。膨れ上がる熱を受け止めようと身体の全てが強請っていた。もっと、もっと強く。激しく乱して欲しい。

——二度と離れることなど考えないように、心と肉体の両方に貴方を刻みつけて。

「あ……あ、あああぁあ——っ！」

「……くっ……」

絶頂に飛ばされたセシリアの脚が跳ねる。宙を蹴り、爪先まで伸びきった後、弛緩してソファーからずり落ちた。同時に爆《は》ぜたアレクセイが、未だうごめくセシリアの中を楽しむように緩く動く度、鎮火したはずの快楽に火が灯ってしまう。

「も、もう……」

喘ぎ過ぎたせいか、口をきくのも辛い。息も絶え絶えになりつつ、名残惜しそうにセシリアの中へ留まったままのアレクセイの胸へ手をついた。

「大丈夫、これ以上無理はさせないよ。ただ……もう少し、セシリアの内側にいたい……」

「ぁ、あ……」

肌を密着させ、そのまま抱き合って呼吸を整える。狭いソファーの上で、アレクセイは自分の身体の上にセシリアを抱え直した。未だセシリアの体内に埋められたままの存在を主張するアレクセイに戸惑うが、抜いてくれるつもりはないらしい。

「……ん、ぅ……」

一度達してしまった身体は酷く鋭敏になっていて、僅かな刺激も辛いのにと恨めしく思ってしまう。

「このままでいたら……セシリアと私の天使が訪れないかな……」

「え?」

微睡《まどろ》み始めた意識は、髪に口づけられ引き戻された。

ほどよい疲労感が安らかな眠りの世界へ誘ってくるのを、何とか踏み止まる。

「子供が欲しい。セシリアとの子が。きっとかけがえのない存在として私たちを繋いでくれるだろう。そうしたら、君はもうどこにも行かれない」

瞬間、セシリアの頭に浮かんだのは、赤子を抱いた自分自身だった。その傍には、アレクセイ。知らないはずの重みまで、妙な現実感と共に押し寄せる。

幸福なのは疑いようもない。愛しさが湧き起こり、なぜか泣きそうになってしまった。あまりにも、綺麗な幻過ぎて。

「私も……アレク様の子供を産みたい……」

二人きり寄り添ってソファーの上で見つめ合う。瞳の奥に探すのは、愛情。もう、嘘の芽を暴こうとは思わない。

――この人を信じよう。それには与えられるのを待つだけじゃなく、私が強くならなければならないんだ……

羞恥も引け目もゆっくり遠退き、微睡みに目蓋が重くなる。このまま身体も清めず眠ってしまったら、目覚めた時には悲惨な状態になっているかもしれない。けれどセシリアは、心地よいアレクセイの腕の中から逃れる気にはなれなかった。

6．壊れる扉

屋敷の傍を流れる河のさざめきに引き寄せられ、セシリアは過去の夢を見ていた。

その人は、セシリアの周囲に集まる人たちとはまるで違う空気を纏っていた。

今夜のホストであるメーベル伯爵は、その地位にありながら、あまり身分を気にしないことで有名だ。利に聡く、好奇心旺盛な彼は、興味を持てば芸術家でも成り上がり者でも気にせず懐に取り入れるので、野心ある者にとっては、出世への早道として熱烈に支持されている。

そんな伯爵が今回の夜会の目玉として招いたのが、セシリアの視線の先にいる男だった。

彼は沢山の来客に囲まれながら、そつなく会話を続けている。確か生まれは平民で、現在は姉の夫である義兄の仕事を手伝っているとか。世情に疎いセシリアが漏れ聞こえる話から得た情報はその程度だ。

だが、それで充分だった。

貴族たちの中心で臆することなく堂々とした立ち姿は、見惚れるほどに麗しい。所作も優雅で遜色なく、下手をするとこの場の誰より高貴に見えた。

艶のある黒髪は隙なく整えられ、強い眼光を宿した瞳が会話の合間に細められる。遠巻きに眺める令嬢たちは、最初こそ身分を持たない彼に興味を示さなかったが、今や誰もが熱い眼差しを送っていた。

夜会に出る若い娘の目的など、たった一つだ。よりよい条件を備えた結婚相手を見つけること。その為に着飾り、自分の価値を最大限に知らしめる。今夜のセシリアもその一人。

何日も前から父親に『何もできないのだから、それくらいの役には立て』と言い含められていた。『女など、結婚で家に富をもたらす以外に使い道はない。ましてお前如きの容姿では、高望みはできないからな。そこそこの身分と莫大な財を持つ者へ高く売りつけなくては』仮にも実の娘を道具として扱い、それを隠そうともしない父親には、既に失望さえ失せている。何もかも諦めたセシリアは華やかな会場に馴染めず、人脈作りにいそしむ父親からそっと離れた。

いくら成功者とはいえ、普通ならば貴族の娘にとって平民などお呼びではない。だが、そんな常識をねじ伏せるほどに彼は魅力的だった。現に幾人もの令嬢が、彼からダンスに誘われたくてうずうずしている。

そんな様子を遠巻きに眺め、セシリアは気づいてしまった。

――あの方、瞳が全く笑っていないわ。

父親の機嫌を窺い続けた産物か、セシリアは他者の感情に敏感だった。巧妙に隠されてはいるが、彼は冷えた視線で周囲を見渡している。偽りの笑みを浮かべ、決して本心を明かそうとはしていない。むしろこちらが気を許した瞬間、喰らいつきそうな緊張感さえ漂わせていた。

実際、噂話が好きらしい貴族の息子の一団は、彼のことを『守銭奴《しゅせんど》』『目的の為には手段を選ばない冷血漢』と口々に罵っている。彼らにとっては、平民の男が話題の中心にいるのが気に食わないのだろう。セシリアの耳に入るのもお構いなしに、彼がいかに悪辣な手口でのし上がったかを嘲笑と共に吐き捨てていた。

——噂の全てを鵜呑みにはできないけれど、怖い人。

それが第一印象。自分とは今後関わることはないだろう。それ以前に、父が相手にするはずもない。

すっかり壁の花になっていたセシリアは、本日何度目かの溜め息をついた。

その時——

『姉さん』

先ほどとは打って変わった柔らかな笑みで彼の唇が紡いだのは、その言葉。硬質な空気は瓦解し、作りものではない笑顔が満面に広がる。肩を抱かれた女性は、彼とよく似た黒髪の美女で、儚げな容姿に清楚な雰囲気が男性陣の注目を独り占めにしていた。

『あれが実姉のアンネリーゼ様よ。ご覧になって。まるで一枚の絵画のようではなくて？』

別人かと疑うほどに雰囲気の変わった男は、姉であるという女性に慈しみの眼差しを惜しげもなく注ぐ。互いに気遣い合う姿は微笑ましく、令嬢たちは更に頬を染めた。

『素敵ねぇ……でもアレクセイ様は誰の誘いにも乗らないのよ。ノイラート男爵夫人の誘いも一顧だにしなかったそうじゃない』

『あんな身持ちの悪い女なんて相手にされるはずがないわよ。家族思いの上に野心がありの方だから、もっといい条件の結婚相手を探してらっしゃるのじゃない？』

――家族。

セシリアは羨望の眼差しを寄り添う二人に向けてしまうのを堪えきれなかった。同じく血の繋がった者と出席していながら、自分とは何という違いだろう。酷く惨めな心地で泣きたくなる。

――ああ、羨ましい。私も、誰かに必要とされたい。愛されたい。そして同じだけの想いを相手に返したい。

嫉妬は醜いと知りつつ、セシリアは労わり合う二人を瞳に焼き付けた。

そんな印象的な出会いであったからか、次にその男を見かけた時、セシリアはすぐにあの夜会で眼にした彼だと気がついた。

名前は確かアレクセイ。驚いたのは、場所が予想外であったからだ。

その日は、定期的に通っている孤児院へ手作りのお菓子を持って行く約束になっていた。

セシリアには自由に使える金銭は少ない。全ての権限は父親が握っているし、彼はそういった奉仕や援助を嫌う。娘のセシリアが孤児院へ出入りすることさえ苦々しく思っているほどなので、当然手助けなど期待できない。だからいつもこっそりと出かけ、自作したお菓子を子供達へ振る舞うだけで精いっぱいだ。

敢えて地味な服を纏い、身分を隠して僅かな時間の自由を享受する。それだけが、最近のセシリアの楽しみだった。

中庭で子供たちと遊んでいる時に、通り掛かった孤児院の院長から丁寧な礼を告げられ、恐縮しながら応えていたセシリアは、見慣れぬ後ろ姿に気がつき、思わず彼を眼で追った。

仕立てのいい服を隙なく着こなし、艶やかな黒髪が陽光の下柔らかく揺れる。長い脚できびきび歩く様は、厳しい人柄を表して見えた。

『あれは……』

『ああ、あの方はいつも多大な援助をして下さる実業家です。それも寄付をして終わりではなく、優秀でやる気のある子供には教育の機会まで与えてくれるのです。一時的ではない先へ繋がる支援をして下さる方は少ないですから、私共も大変感謝しております』

ありがたいことです――と言う院長の言葉に頷きながら、セシリアはアレクセイの背中を見つめた。

最初は冷たい人と思えたけれど、家族を大切にし、慈善事業にも積極的な方でもあるのかと、かけ離れた印象に混乱する。

――どちらが、本当の彼なのだろう？

興味が好意に変わるのに、時間はかからなかった。

アレクセイの腕の中は温かい。その温もりに抱かれていると、いつまでも眠っていたくなってしまう。柔らかなベッドと逞しいアレクセイの腕に包まれて、セシリアは微睡《まどろ》みから浮上した。外はまだ暗い。夜明けまでは時間がある。あまりの心地よい安心感から、再び眠りに引き込まれそうになる。

だが、セシリアはたった今開いた記憶の扉を閉ざさない為に、慌てて目蓋を押し上げた。

「思い出した……」

あれは、そう。アレクセイと初めて出会った頃のこと。まだ言葉を交わしたこともない、顔見知りとさえ呼べない関係。けれど、セシリアの胸を高鳴らせるには充分だった。

その後も偶然見かける機会が数度あり、その度にセシリアはアレクセイを眼で追うのを堪えられず、はしたないと知りつつ、周囲の噂話に耳をそばだてた。

恋とも呼べない淡い感情。大抵の場合、彼は硬質な雰囲気を放ち、近寄り難い気難しい人物に見えたけれど、姉のアンネリーゼが傍にいる時だけは違った。

稀にお眼に掛かれる自然な笑顔を掻き集め、大切に記憶へしまい込む。それだけで陰鬱な日々がどれだけ慰められたことか。

アレクセイに宝物のように扱われるアンネリーゼを羨ましく思いながら、彼女がいることで生まれる柔らかな空気に焦がれた。

だから、アンネリーゼが亡くなったと風の噂で聞いた時には、セシリアも大きなショックに見舞われた。

　元々身体の弱かったらしい彼女はその年流行った病により倒れ、そのまま回復することがなかったという。社交界は噂話の宝庫だ。望まなくても様々な情報は勝手に飛び込んで来る。アンネリーゼが傾いた実家の為に随分年の離れた男の元に嫁ぎ、あまり幸せとは言えない生を終えたことも。

　アレクセイの心中を想い何かしたかったが、未だ言葉も交わしたことのない関係では叶わない。結局は、遠くからアンネリーゼの冥福を祈るくらいしかできなかった。

　しかもその後、セシリア自身も父の不幸に見舞われたのだ。いくら冷えた親子関係だったとしても、たった一人の父親には違いない。だが突然の別離を嘆く暇さえ与えられず、セシリアの生活は激変していった。人格者とは到底言えない人柄であったフェルデン子爵は、セシリアが考える以上に恨みを買っており、そしてあちこちに借金を重ねていた。あっという間に周囲から人が離れ、セシリアは現実を知る。そんな中、きっと自分以上に悲しみの底にいるだろうアレクセイを思わずにはいられなかったが、当然ながら出会う機会などない。

　次に彼の姿を見たのは――そう。父の葬儀の後。そしてそれから――駄目だ。その先はまだ、霞がかって判然としない。

　思い出しかけた切れ端を更に手繰り寄せようと手を伸ばした瞬間、鋭い頭痛がセシリアを襲った。

思わず顔を顰めてアレクセイの胸へと擦り寄る。

取り戻した僅かな記憶の中で、アレクセイと直接の接点はなかったけれど、彼が酷い人間とはとても思えなかった。むしろ、優しく誠実な人に見えた。ただ、それが分かりにくく、特定の者にしか向けられないだけで。

――思い出したい……

失われてしまった過去が惜しい。きっと昔のセシリアは、もっと色々なアレクセイを知っているはずだ。そこには愉快なだけではないものも混ざっているのかもしれない。それでも――

「セシリア……？」

眠たげな声と共につむじへキスが落とされる。そのまま髪を撫でられて、セシリアは心地のよさにうっとりとした。

「ごめんなさい……起こしてしまいましたか？」

「いや……むしろ、いつもよりも長く眠ってしまったな」

頭を抱き寄せられて、密着度が増す。何も身に付けていない肌が気恥ずかしく、セシリアは密かに吐息を漏らした。

「目が覚めた時に君が腕の中にいるなんて、幸せ過ぎて嘘みたいだ」

「そんな」

記憶を失う以前は違ったのだろうか？　問いかけようとする唇は、アレクセイによって啄まれる。

「あの……ほんの少し……昔のことを思い出しました」

「え？」

甘やかな空気に促され、何気なく放ったセシリアの言葉はアレクセイを強張らせた。

「私たちが出会った頃のことを……でも、アレク様はたぶんご存知ないです」

顔色をなくした彼に驚きながら、セシリアは言った。

「私が一方的に存じ上げていただけなので、出会いとは言えないかもしれませんが」

「……どこまで、思い出したんだ？」

アレクセイの掠れた声が、微かに震える。表情を失った彼は酷く冷酷に見え、セシリアを戸惑わせた。

「え、……本当にちょっとだけ、です。メーベル伯爵の夜会で初めてお見かけして、その後孤児院でもお会いしました。アレク様は、子供たちに教育の機会を与えていたそうですね。私なんて、時折お菓子を持ってあの子たちと遊ぶくらいしかできませんでした」

無理に微笑んでも、彼の凍えた空気は変わらない。瞳を眇め、何かを探るかの如くセシリアを見つめる様は、怯えているようにも映る。

「……あの、私……何かよくないことを申し上げましたか？」

「――いや、君は何も悪くなどない。他には？」

「後は、アンネリーゼ様が亡くなられた前後のことを」

真剣なアレクセイの瞳に射竦められ、セシリアは慄いた。無意識に怒らせてしまったのだろうか？　けれど、それにしては夜目にも分かるほどの顔色の悪さが気に掛かる。

「――記憶を失う前のことは？」

「直前という意味ですか？　でしたら、全く。それどころか結婚するまでのことも、まだ」

セシリアの後頭部に回されていたアレクセイの手に力が篭る。もう片方の腕は腰へと絡んでいた。まるで逃がさないとばかりに距離が狭まり、吐息が混ざる。

「……本当に？」

「嘘なんてつきません」

疑いを口にしながらもアレクセイが望む答えは一つのようだ。もちろん、セシリアの持つ回答はそれと同じ。にもかかわらず、強い猜疑《さいぎ》と怯えの混じった瞳に動揺してしまう。

「……なら、いいんだ」

弱々しく睫毛を伏せるアレクセイは、いつもよりずっと幼く感じられる。セシリアはこみ上げる衝動のまま、彼の身体に腕を回した。

「なぜ、そんなに私が記憶を取り戻すのを嫌がるのですか？　私は……思い出したい……だって、きっとこれからの私たちにとっても大切なものだから……」

「わざわざ思い出そうとする必要はない。忘れているのなら、おそらくさほど重要なものではなかったのだろう」

「そんなはずありません！」

そう言いながらも過去を掘り起こそうとすると不安が擡《もた》げ、胸中はモヤモヤとした澱が沈む。さざ波を立てる水面が暗い淀みを隠してしまう。

「私だってアレク様のことをもっと知りたいのです」

はぐらかされたくない思いから、必死に言葉を重ねた。今を逃せば、また機会が失われてしまうかもしれない。自身の奥底から聞こえる『やめろ』という声には敢えて背を向ける。

「……何を知りたいんだ。私にあるのは、セシリアを愛しいと想う今だけだよ」

譲歩したアレクセイが溜め息混じりに告げ、腕の檻が強固になった。少なくとも完全に拒絶されなかったことに安堵して、セシリアは大きく息を吸う。

「アレク様の子供の頃のことを……」

本当は知り合った時のことや、結婚後の生活について聞かせて欲しい。でもアレクセイに聞いても、簡単には答えてくれそうもないので、セシリアはそう尋ねた。

「別に面白い話ではないよ。普通の子供だ。ただ、両親が高齢になってやっとできた息子だったからか、厳しくは育てられたけれどね」

「お姉様とは年が離れてらしたんですね」

「八つね。母は父と一緒に働いていたから、実質、姉が世話を焼いてくれた。いつも穏やかに微笑んで、自分を犠牲にしてでも他者を思いやる人だったよ」

「優しいお姉様だったのですね……」

言外に込められたアレクセイの痛みを感じ取り、セシリアの胸も軋んだ。家族の喪失は、悲しい。それが慕っていた相手ならば尚更だ。

「両親は忙しい人たちで、その分姉が傍にいてくれた。幼い頃は寂しかったけれど、愛されているのは充分分かっていたから我儘は言わなかったな。いや、迷惑をかけたくなくて、少しでも早く大人になりたくて我慢していた」

背伸びして、じっと堪える少年は容易に思い浮かべられた。強くならねば、と子供時代を急いで脱却しようとあがくアレクセイ。セシリアは見たことなどないはずの小さい彼を抱き締めたくて堪らなくなる。

「――私が十一になったばかりの年、両親が突然亡くなって……私たちの生活は困窮したよ。まだ子供の私は、姉の足手まといでしかなかった。もし私がいなければ、もっといいところに嫁げただろうに……」

「そんな、アレク様のせいでは、」

口さがない者たちの間で囁かれていた噂はセシリアも聞いたことがあった。若く美しいアンネリーゼは金で買われた花嫁だと。中には財産目当ての娼婦と変わらないと蔑む者まていた。アレクセイには面と向かって皮肉も言えない、身分だけが誇りの貴族たちだ。

だがそんな悪意を向けられてしまうのも、仕方ないと言えばそれまでだった。なぜなら相手のドルマンという資産家は、六十手前で悪い噂が絶えない偏屈な変わり者なうえ、お世辞にも見目麗しいとは言えない中年肥りで眼つきの悪い小男。花が盛りのアンネリーゼが憧れる要素などあるはずもない。誰がどう見ても、打算があるのは明白だったのだから。

　しかも結婚から十一年後、未亡人となるにはまだ若い妻を残し、ドルマンは亡くなった。その際も、さもアンネリーゼが死期を早めたかのように囁かれたのだ。幸福な結婚ではなかっただろうことは想像に難くないが、それを期にアレクセイがドルマンの事業を完全に引き継いだのも事実だ。

「アレク様が悪いのではありません。罪は——」

　言いかけたセシリアの喉は引き攣った。どうしたことか、その後の言葉が出てこない。何か言いたいことがあったはずなのに、頭の中は真っ白になっていた。

「……ぁ」

　——罪は、誰にある？

「セシリア……！」

　望洋と彷徨い出した意識は、アレクセイの呼びかけで引き戻された。摑まれた腕に痛いほどの力を感じる。

「あ、私……」

　泳いだ視線は、間近に迫る黒曜石の煌めきに絡め取られた。息を飲むほどの鋭さに、一瞬で正気に返る。

「——余計なことは気にするな。今は、まだ——」

再び抱き寄せられたアレクセイの胸からは激しい鼓動が聞こえる。そこに押し付けられて、少しだけ苦しい。

「……ごめんなさい……」

謝ったのは、アレクセイの様子が尋常ではなかったからだ。そんなにも不快にさせてしまったのならば、申し訳ない。だが、それでもセシリアは過去を取り戻したかった。いいことだけでなく、辛いことも含めて本当の絆を築ける気がする。その為には、眼を逸らし続けてはいけないのだ。アレクセイとこれから先も一緒に生きてゆく為に。彼を愛していると言い切れるからこそ、二人の間に横たわるわだかまりを解消したい。

だから、セシリアは決意した。

——今夜、あの部屋に行ってみよう。

かつて二人の寝室だった部屋。セシリアが記憶を失う直前まで過ごした場所。きっとそこに行けば何かを得られる。膠着《こうちゃく》した状態を抜けられるのではないか。そんな予感がしている。

部屋は常に閉ざされており、その鍵はアレクセイが持ち歩いていた。明日、彼が王都に帰ってしまえば、セシリアにはどうする術もなくなってしまう。日が経てば、必死に掻き集めた勇気も失われる気がする。行動するなら、今夜しかない。

どれだけの時間、じっと眼を閉じていたのか。次第にアレクセイの呼吸は規則正しいものになり、腰に回された拘束も緩まった。それを注意深く確認して、セシリアはそっとベッドを抜け出した。

夜明け前の屋敷内は静寂と闇に沈んでいる。使用人たちもまだ、起きるには早い。

セシリアは燭台を手に、扉の前に独り立っていた。

その奥には、ここに戻って以来足を踏み入れたことのない寝室がある。重厚感ある装飾を施された扉は、それだけでセシリアを拒絶していた。先ほどから煩いのは心臓の音だけだ。

アレクセイの脱ぎ捨てた服の中から探し出した鍵束を使い解錠すれば、僅かに淀んだ空気が流れ出してくる。

暗闇の中、蝋燭《ろうそく》の光が届く範囲は狭い。それでも掃除が行き届いているのは見受けられた。

きっとここに、探し求める答えがある。

「……」

緊張感から手の平は冷たい汗をかいているのに、足は目指すべき場所を知っているように確信を持って前へ進む。

――知っている。私は……そう、あの窓から――

迷わず、躓くこともなく辿り着いたのは、部屋の一番奥にある大きな窓だ。貴重な硝子を贅沢に使った富の象徴。それを開けば、冷たい外気が頬を撫でた。

急に、下を流れる河の音が大きく感じられる。否が応でも水の匂いを感じ、足が竦むのを堪えられない。

「……っ」

恐怖を捩じ伏せて、セシリアは窓の下へと視線を移した。だがそこには漆黒の闇が広がるばかりで、水面も見えはしない。

こぼれ出た呻きは水音に押し流され、眩暈にも似た不快感で視界が歪んだ。

窓の枠はセシリアの胸の下辺りにあり、少しだけ前へと身を乗り出せば、たちまち暗黒へと飲み込まれてしまいそうだ。魅入られて虚空を凝視するセシリアから、急速に現実感が遠のいてゆく。そして、過去と現在が混ざり始めた。

『――その為に、私と結婚したのですか』

「……っ!?」

聞こえてきたのは、確かに自分自身の声。慌てて室内を振り返ったが、そこには沈黙する家具しかない。けれど、セシリアの瞳はあるはずのない幻影を見ていた。

『貴方が、何か目的を持っているのは気づいていました……でも、それは身分が目的だとばかり……』

背中を向けて立っているのは、間違いなくセシリア本人だ。震える手で探っているのはルビーのペンダント。幾度も喘ぎながら扉付近に立つ男を見つめている。

「アレク様……?」

逆光のせいか、彼の表情は窺えなかった。けれど、凍り付いている気配が伝わってくる。

『……そこまで、私は憎まれていたのですね。いつかは本当に愛してもらえるのではなんて、幻想もいいところだわ』

続いて響いたセシリアの酷く渇いた笑いは、すぐに啜り泣きへと取って代わった。肩を震わせて声を押し殺す幻へ伸ばした手は、宙を掻く。触れられないのが不思議なほどに生々しいのに、それらは皆、過ぎ去った過去の遺物だ。

『だったら、表面上だけでも優しくなどしないで欲しかった……!!』

両手で顔を覆った女は、それでも崩れ落ちることなく毅然と立っていた。痛々しい姿に痛む胸は、今のものか、過去の傷かもう分からない。ただ、怒涛の如く記憶の波が押し寄せてくる。

『セシリア』

『呼ばないで！』

現在と変わらぬアレクセイの声は、どこか泣きそうな色を孕んでいた。傷つけられたのはこちらのはずなのに、なぜ彼も苦痛に満ちているのだろう。

介入できない観客の立場のまま、セシリアの眼は二人のやりとりに釘付けとなった。

『これが、アレク様の復讐だったのですね……ご両親を死へと追いやったフェルデン家への……』

「え……!?」

刹那、衝撃がセシリアに走った。たった今聞いた言葉の意味に理解が追い付かない。

——復讐？　死へ追いやった……？

ぐるぐると世界が回るり、動悸と水音が一緒くたになって鼓膜を叩く。燭台《しょくだい》を掴む手が、激しく震えた。

『誰が、そんなことを……っ』

『メイド頭のリーザが教えてくれました……あの人が以前から私を快く思っていらっしゃらなかったのは、そういう理由だったのですね』

不意に脳裏を過るのは、セシリアから距離をおこうとするかつての使用人たちだ。特別蔑《ないがし》ろにされたことはないけれど、皆仮面を被ったように冷えた眼でセシリアを見ていた。それが辛くて、何とか改善しようと努力したけれど、信頼を勝ち得ることは最後まで叶わなかった。

『それは……っ、』

『彼女を責めないでください。私が無理に聞き出したのですから……アンネリーゼ様が不幸になられたのも、私のせいです』

『違う、……確かに君の父親によって私の両親は自殺に追い込まれた。生活が困窮して、望まぬ相手に姉さんが嫁がなくてはならなかったのも事実だ。でも、それは私が不甲斐なかったからで、君のせいではない！』

『いいえ……同じです。だからこそ、アレク様は私を殺そうとなさっていたのでしょう

『……？』

パチリと泡が弾ける。亀裂の入った場所から溢れる水が、一つの真実に向け流れ出す。

セシリアの父親は、強引で悪辣な方法により富を築いた。それだけに蹴落としてきた敵は数知れない。その中に、アレクセイの家族もいた。

「ぁ……あ、あ……」

小さな薬屋を営んでいたアレクセイの父親は実直な仕事ぶりで頭角を現し、更に事業を大きくして王都での薬品の流通を担うに至った。自ら薬草園の運営にも乗り出し、沢山の専門家を集め、ほぼ独占という形で顧客を増やして人も羨む成功者となった手腕は見事としか言いようがない。

収入は莫大なものとなり、並の貴族など足元にも及ばぬ財を築くのに、時間はかからなかった。そこに旨味を感じたのだろう。セシリアの父親は薬草園から客に至るまで、卑怯な策を弄して全てを奪い去っていった。

点と点がつながる。両親の死を語った際に見せたアレクセイの冷えた顔。憎しみを忘れていないからこそ、彼は――

『この毒で私を殺すおつもりだったのですね……』

掲げた手にあるのは、薄汚れた小瓶。それを眼にした瞬間、現在のセシリアは全てを悟った。

ハンスたちに助けられた際、セシリアが所持していたもの。ロイが届けにきたあの瓶の意味を知って眩暈がする。

『どこから、それを……!?』

『何かを隠す時には、人の口にも戸を立てた方がいいですよ。悪意はなくても、掃除の折におかしなものを見つけたと報告してくれる者もいますから。彼女は処分するべきかどうか困っていただけなのでしょうけれど』

アレクセイが掠れた息を漏らす。もう、それで、答えを聞く必要はなかった。沈黙こそが、回答だ。

『……初めから、死んで償《つぐな》えと仰ってくだされればよかったのに……』

涙がセシリアの頬を伝う。熱さも冷たさも、もはや感じない。痛み以外の感覚はあらゆるものが消え去り壊死《えし》してしまった。

『貴方に惹かれてしまった私を嘲笑《あざわら》っていらっしゃったのね』

心の傷で死ねるならば、こんな楽なことはない。けれど現実には、まだ心臓は動きを止めてはくれなかった。

アレクセイの使った毒がどんなものかはセシリアには知れないから、どれだけの効果がいつ現れるのか分からない。だが、そんなことはもうどうでもいい。何もかも、無意味に過ぎない。

愛する男には死を望まれるほど疎まれていた――その事実だけで心はズタズタに切り裂かれてしまったのだから。

『……確かに、最初は君を憎んだ。復讐のために近づいた。その毒を盛ったことも否定しない……だが……っ!!』

『……終わりに、しましょう？　アレク様』

憎しみの連鎖は果てなく続く。それこそどちらかが完全に絶えるまで。

けれど、復讐が果たされた後、本当に心穏やかな幸せをアレクセイは得られるのだろうか？　答えは否――

セシリアが自分の眼で見たアレクセイは、冷酷無比な人間では決してない。だからきっと、人を殺めた罪の意識に耐えられるはずがない。いや、そうであって欲しい。

『さようなら。アレク様』

過去と現在のセシリアの身体が重なる。擦り抜けた彼女を眼で追えば、今まさに窓から落下するところだった。

「――――っ!!」

声にならない悲鳴が、その場にいたもう一人と重なる。走り寄るアレクセイが瞳の端に映った。けれど精いっぱい伸ばされた手が、摑むものは何もなかった。

「嫌ぁぁあっ!!」

「セシリア!!」

絶叫するセシリアの耳元でたった今叫ばれた声は、幻とは違う。現実感を証明する熱に、背後から抱きすくめられていた。

「アレク……様……」

気づけば、セシリアの身体は大きく前のめりとなり、危うく窓から落ちる寸前だった。引き摺られるように背後に引かれ、そのまま二人揃って床に転がる。

「どうしてここに……!!」

「どう……して？」

未だ夢と現を彷徨うセシリアは、頭が働かずにアレクセイの言葉をおうむ返しに繰り返す。けれど、肌に伝わる熱が染み込むにつれ、少しずつ感覚が戻ってきた。

「離して……っ！」

大きく腕を振り払い、床を這って彼から逃れる。

失くしたものを取り戻したかった。そうすれば、前へ進めると信じていた。でも、こんな残酷な真実にはとても耐えられない。望んだのは、もっと別の形。

「まさか、セシリア……」

「全部、思い出しました……」

鉛のような手脚が重くて仕方ない。手にしていたはずの燭台はいつの間にか消えていた。そんな無関係なことを思う程度に、セシリアは混乱のただ中にある。にもかかわらず、アレクセイを詰《なじ》る気持ちは生まれてこない。こんな状況になって尚、愛しいという想いが消し切れない。愚かな自分に、いっそ笑いが込み上げた。

「だから……アレク様は思い出すなと繰り返したのね」

愛されていないくらいならば、想定の範囲内だった。仮に複数の愛人がいたとしても納得できたかもしれない。だが、まさかその手を汚すほどの憎しみを向けられていたなんて。

ふらりと立ち上がって後ずさる。背後にあるのは開いた窓。

「セシリア！」

「もう、終わりにしましょう」

過去と同じ台詞を吐いたのは、意識したからではない。自然と出たそれが、一番相応しく思えた。

アレクセイに罪を犯して欲しくない。そして、自分自身もこれ以上の苦しみには耐えられない。愛することは許されず、憎むこともできないなら選ぶ道はただ一つだ。

「止めろ――っ!!」

セシリアは窓から身を投げた。一瞬の浮遊感の後、風が吹き抜ける。眼を閉じ、水面へ叩きつけられれば、全てが終わる。最期までアレクセイを愛したままで。

「ぐっ……」

「う、あ……っ？」

右腕に走る激痛に眼を見開けば、セシリアは宙吊りとなっていた。不安定に爪先《つまさき》が揺れ、内臓が浮き上がる。

「動くな……っ、セシリア……！」

呆然と見上げた先に、汗を滲ませるアレクセイがいた。掴まれた手が痛いほど握り締められ震えている。

「アレク様……？」

「今、引き上げる……っ」

——どうして？　貴方は私に死んで欲しいのではないの？

歯を食いしばり、真剣な表情をする彼が理解できない。どうしても自らの手で復讐を成し遂げたいのだろうか。

少しずつ、でも確実に上へと引き上げられる身体はアレクセイへ近づいてゆく。

「離してください！　アレク様も落ちてしまう……！」

「黙れ！　また君を失うなら、一緒に死んだ方が……マシだ」

玉の汗が滴り落ちる。嚙み締めたアレクセイの唇からは血が滲んでいた。

「手を伸ばせ！　セシリア！」

聞いたことのない怒声にセシリアの身体は反応した。恐る恐る摑まれていない方の腕を持ち上げる。

だが——

「——っ!!」

ずるりと滑ったアレクセイの手からセシリアの腕が抜ける。刹那の間に様々な思考が駆け抜けて行った。

——これでよかったんだわ。どうか彼が気に病みませんように。ああ、そういえば、今度はペンダントを道連れにしないで済む……

最後は微笑みさえ浮かべたかもしれない。せめてアレクセイの姿を眼に焼き付けようとしたセシリアは、驚愕に悲鳴さえ忘れた。

彼が、アレクセイが、躊躇いも見せずに窓枠を乗り越えたのだ。

伸ばされた彼の手は今度こそセシリアをしっかりと捕らえ、二人は抱き合ったまま共に落ちていった。

7．愛していると、嘘をつく

のたうち回り悔恨《かいこん》の念に駆られても、彼女はもう戻らない――


木々の間からアレクセイはただ一人の女を見つめていた。

憎い男の眠る棺《ひつぎ》が地中に下ろされる。いよいよ天気があやしくなってきたせいか、土をかける男たちの手もぞんざいになっていた。一刻も早く切り上げて家族の待つ家に帰りたいという考えが透けて見えてしまっている。葬儀の参列者は少なく、色々と醜聞《しゅうぶん》のあった男の埋葬とあっては仕方ないのかもしれない。静かで侘《わび》しいそれはとても貴族の埋葬とは思えず、落ちぶれた様を如実《にょじつ》に表していて、アレクセイの薄暗い満足感を呼び起こした。

ポツリポツリと水玉模様が地表に刻まれる。泣き出した空を見上げ、アレクセイは握り締めた手に力を込めた。陰鬱な空は、誂えたように今日この日に相応しい。

大きく息を吸い込んで改めて視線を戻せば、凛と背筋を伸ばす一人の女が映る。名をセシリア・フォン・フェルデン。憎い男の一人娘。

フェルデン子爵の策に嵌り、信用を失くして周りの人間に裏切られたアレクセイの両親は、絶望の中代々家に伝わる毒薬を共に呷り、折り重なって息絶えた。

無実の罪を着せられ弁解の場も碌《ろく》に与えられず、築き上げた全てを奪われて。

子供を道連れにしなかったのは、親としての最後の愛情なのか。あの日、異変に気がつき部屋に駆けつけたアレクセイは、『見てはいけない』と抱き寄せてきたアンネリーゼの腕の隙間から全て眼にしてしまった。僅か一瞬の映像は網膜にしっかり焼き付き、今も消えない。きっと永遠に忘れることは叶わないだろう。両親の虚ろに開かれた濁った瞳と、血の気を失った白い肌は。

安易な逃げ道を選んだ彼らを、弱いと詰りたい気持ちは確かにある。けれど、愛された記憶が憎むことを許さなかった。子供を置いて逝くのに、厳しくも優しかった両親が微塵の葛藤も抱かなかったとはどうしても思えなかったから。

姉弟二人きりで取り残され、姉の涙を初めて見た。

『これからは、僕が姉さんを守るよ。だから我慢しないで、素直に悲しんでいいんだ』

そう誓ったのに、結局約束は叶えられず、アレクセイを守るため身売り同然に嫁いだ姉は、最後までたった独りで苦悩を抱え込んで呆気なく逝ってしまった。それもこれも、自分が不甲斐ないために。

もしも、もっと自分がしっかりしていたら。父を支えてやれたら。姉を守れる強さがあれば。

たかが十一の子供に何ができたはずもない。けれど思考は泥沼に嵌り込み、もがけばもがくほどに沈んでゆく。後悔と憎しみに押し潰され、アレクセイは仇《かたき》を呪うことで自我を保った。

家族を喪った原因の全ては、フェルデン子爵にある。

アレクセイの手にはもう何も残されてはおらず、守りたかった全ては失われた。燃え盛る黒い炎を鎮めるには、あの男を屠るより他に思いつかなかった。

けれども、この手で殺してやろうと誓った相手は今や土の中。行き場を失った復讐心の先に佇むのは、その娘だけ。

その娘は今独りで父親との最期の別れをしている。葬儀用のモーニングハットを被り半ば隠された女の顔を必死に瞳に焼き付けようとしたとき、あることに気づいた。

――あの時の……

見れば見るほど、間違いないと確信してしまう。

焦げ茶の髪と瞳は珍しくもなく地味な容姿で、眼を惹くものとは言い難い。しいて言うなら、甘やかされた令嬢とは違う知性を湛えた瞳が印象的な、少女の面影を残した女性。

白けた空気の漂う中、目尻の涙を拭う横顔には見覚えがある。誰も惜しまない子爵との別れを、たった一人で悲しんでいるのは、いつだったか孤児院で見かけた少女のものだ。

あの頃よりも大人びてはいたが、見間違えるはずもない。

普通、貴族は貧しい者への慈善事業を隠そうとはしない。むしろ大々的に公表して、いかに自分が人格者かを知らしめる。それこそが富める者の務めであり、自尊心を満たす術であるからだ。

それなのに、かの少女は身分を告げようとはせず、小さな手で可能な範囲内の支援を長く続けてきたという。本人は隠そうとしていたようだが、身につけた衣服や所作から上流階級であるのは明白で、院長は今時珍しい令嬢だと褒め称えていた。賢明な院長は彼女の素性を突き止めようとはせず、詳しくは知らなかったようだけれども。

アレクセイは姉の夫であったドルマンより事業を引き継ぐ前から、孤児院への寄付を惜しまなかった。地位を得て自由にできる額が増えてからは、見込みのある者には進学の機会を与えた。それはひとえに、知識こそが貧しさを抜け出す術だと知っていたからだ。

ここまで上りつめられたのは、両親が身につけさせてくれた基礎の役割が大きい。それがなければ、いくら努力を重ねたところでドルマンに認めさせることなど到底叶わなかっただろう。

一時的な金銭の援助だけでは、今を生きるだけで精いっぱいな彼らの未来を救ってはやれない。長い目で見るならば、その先が必要なのだ。もしかしたら自分が陥っていたかもしれない苦境にある子供たちを見捨てることなどアレクセイにはできなかった。

定期的に孤児院へ足を運ぶうちに、何度かすれ違った少女。向こうはこちらなど全く認識していなかっただろうが、アレクセイはたまたま見かけたセシリアの姿を微笑ましく眺めていた。貴族など碌な人間はいないと思い込んでいたのに、覆してくれた少女は春の陽だまりのようだ。憎しみに塗《まみ》れた自分には眩しすぎて、話しかけることさえできなかったけれども。

そんな彼女が、家族の仇であるフェルデン子爵の娘として立っている。

雨粒に打たれたままアレクセイは己の手を見た。

――結局、何一つ守れなかった。

何が『僕が必ず両親の汚名を晴らす……そして、あの男に復讐する』だ。両の手の平から零れるように、大切なものは全て失われた。

『アレクセイ、復讐なんて止めて。二人で生きていきましょう。大丈夫、貴方のためなら私は何でもするわ』

その言葉通り、自己犠牲の果てに永遠の眠りについたアンネリーゼ。

『大丈夫だよ、姉さん。必ず、死んだ方がマシだと思うほど苦しめてやる』

勇ましい決意も、今や絵空事に成り果てた。もう、何を支えとして生きればいいのかも分からない。目的を見失ったアレクセイは、魂の腐る音を聞いた気がした。

――せめて最後にあの男の死に顔を拝んでやろう。

歪みきった思考の中、死者を嘲笑う気持ちで今日、アレクセイはフェルデン子爵の葬儀に足を運んでいた。

皮肉なことに復讐の準備が整ったと思った矢先アンネリーゼは帰らぬ人となり、そしてその失意の最中、フェルデン子爵も亡くなった。それも愛人宅のベッドの上――という醜聞付きで。

アレクセイはその時初めて娘の存在を認識したが、残された側としてはさぞや居た堪れないに違いない。同情などではなく、抱いた望みは酷く生々しい。是非とも恥辱に塗れた令嬢を眼にして、溜飲を下げたかった。

だが、どうだ。希望通り落ちぶれつつあるフェルデン子爵の娘を前にしても、気分は晴れることがない。アレクセイは、代わりに湧き上がる奇妙な疼きを無理やり飲み下した。

――自分たちが辛酸を舐めている間、あの娘はのうのうと生きていたのか。父親がこちらから奪ったものを糧として、何も知らずに贅沢を享受して……

過去の甘い思考に囚われ一瞬でも眼を奪われた自分が信じられず、殊更憎しみを滾らせる。そうしなければ、いけないのだとなぜか思う。物陰からセシリアを見つめ、アレクセイは心の中にドロドロと澱が溜まるのを感じた。

両親の死から約十三年。当時のアンネリーゼとセシリアが重なって、憐れに思うなどどうかしている。名を思い出すことさえ忌まわしいフェルデン子爵の面影はセシリアの容姿にはほとんど見つけられない。それでも、瞳の色や耳の形に共通点を探す。一つでも似ている所があれば、遠慮なく憎しみをぶつけられる気がした。渦巻く怨嗟《えんさ》を吐き出さねば体内からきっと腐り落ちてしまう。

たとえ相手が消えてしまっても、この恨みをなかったことになどできるはずがない。ならば――

「……父親の代わりに、あの娘に償って貰おう」

　敵の多かったフェルデン子爵は、本人が亡くなった途端ボロボロと悪行が明らかになった。それに伴い、あれほど誇っていた家勢も衰え、アレクセイの両親の時と同じ――いやそれ以上に周囲から人が逃げ出してセシリアは独りになっていた。辿る道は修道院に入るか、良くて誰かの愛人、最悪の場合は娼婦にでもなるしかない。

　どこか潔癖な清涼感を漂わせた固い蕾が、下種な男たちにより踏み散らされるのを想像し、アレクセイは舌打ちした。毅然と前を向いたあの瞳が暗く濁るのは、理由は分からないが面白くない。それくらいならばいっそ――

　浮かんだ案に一人ほくそ笑む。今自分が持たないものは爵位くらいで、あとは大抵のものが手中にある。富も名声も望むものは全て。奪い返すつもりだったそれらは既に失われ、後に残されているのは存在さえ認識していなかった娘だけ。だが――

　フェルデン子爵は全ての企みを明かした際、父に対し身分も持たない田舎者と嘲ったらしい。悔しさを滲ませた遺書の一文を思い出す。おそらく貴族でもない父が子爵の自分を差し置いて成功を納めているのが面白くなかったのだろう。それ故に、標的にされた。

　だとしたら、それほど誇りにしていたものを奪われたら、あの男はどう思うだろうか？　死の国から甦らんばかりに臍《ほぞ》を噛むのではないか。見下していた男の息子に娘を穢され、その血筋を蹂躙されたら？　考えるだけで興奮に震えた。

　下品に釣り上がる唇を宥め、素早く計画を立て直す。もはや生者ではないフェルデン子爵にとって最も効果的な復讐を。何の身分も持たない男に大切な全てを奪われる屈辱を。

もしもセシリアと自分の間に子供が生まれれば、その子が子爵家を継ぐことになる。そうなれば一時的ではなく、合法的に綿々と続く意趣返しが完成する。子爵家が取り潰されない限りは、あの男の言うところの下賤な血が正統な後継者だ。

アレクセイはアンネリーゼの死後、初めて全身に血が巡る感覚に高揚《こうよう》した。心を殺し、生きてきた。目標のためにはあらゆるものを投げ捨て犠牲にして。その中には『自分自身』も含まれる。それが今、確実に『生きている』と言える興奮に包まれている。

「君の力になりたいんだ」

善人の仮面を被り、セシリアに近づく。青年実業家として、警戒心を抱かれぬよう慎重に。相手はたかが小娘。それも世間知らずのご令嬢。簡単に騙せる。

そう目論み、可能な限りの優しく誠実な男を演じれば、戸惑いつつもセシリアは案の定こちらへ心を傾けた。存外、新しい寄生先が見つかったと喜んでいたのかもしれない。

――馬鹿な女……偽りとも知らずに張り付けた笑顔と言葉に喜びと不安を浮かべている。

内心で蔑みつつその手を取れば、強かな女とは思えない初々《ういうい》しい反応に驚かされた。戸惑い俯く項《うなじ》からは、化粧品や香水などの人工的な香りではない甘さが漂ってくる。触れた指は、微かに震えていた。

それは、孤児院で見かけた少女がそのまま清らかに成長したらこうなるのではないかという幻想を抱かせる。

「アレクセイ様……ありがとうございます。ですが私だけが、幸せになる訳にはいかないのです。だって父は……沢山の方を傷つけましたから……その償いを、娘である私がしていかなければ。だから、そのお申し出はお受けできません」

セシリアの放つ上辺だけの台詞には吐き気さえ催した。

――よくもそんな白々しいことを。結局お前は何もしてこなかった癖に。耳触りのいい言葉で同情を誘い、反省する振りをして自分を憐れんでいるだけじゃないか。いったい何ができると言うんだ、そんな細い腕で。

意識的に憎しみを煽らなければ、何かを踏み外しそうな恐怖がアレクセイの中にあった。セシリアの瞳の奥に純粋なものが宿っているなど知りたくはない。身に纏う喪服が古びて安っぽいものであることも気づく必要などない。

「心配しないでください。どうぞ私を頼ってください。金銭的な援助も惜しみません。共に重荷を背負っていきましょう。貴女はもう、充分に苦しんだはずだ」

「……っ！」

涙腺の決壊したセシリアは、それでも自ら抱きつくようなあからさまな誘惑は使わなかった。はしたない方法で男を籠絡《ろうらく》する気はないということか。か弱い女を演じ、庇護欲を掻き立てるつもりだとでも？　これが演技ならば、相当な悪女だ。もしくは何も知らない馬鹿なのか。

どちらにしろ、アレクセイは自分の中で燻る想いから眼を背けた。眼前で震える肩に触れたいなどという衝動は、単純な肉欲に過ぎないに決まっている。最近女を抱く気も湧かなかったから、そんな欲望が疼くだけ。

すぐにプロポーズに頷くだろうという予想に反して、セシリアは中々しぶとかった。誘いをかければ嬉しそうに微笑む癖に、簡単には応じない。目に見えて日々落ちぶれてゆく家に留まり続け何になるという。使用人にも去られ、毟り取られるものは全て奪われて無一文のセシリアには、もう何の価値もない。その証拠に、立退きの迫る屋敷に脚を運ぶのはアレクセイ以外に誰一人いなかった。

繰り返し通い詰め、甘やかな嘘を吐き続ければ、次第にセシリアの態度も軟化する。気持ちが揺れているのは、はたで見ていても明らかで、すっかり荒れ果てた屋敷の中、青白く痩せ細ったセシリアに思いを込めて偽りの愛を囁いた。

頬を伝うセシリアの涙を親指の腹で拭い、身を屈める。

結婚を申し込んでいてもこれまで清く正しい交際を貫いてきたのは、単にセシリアの信頼を勝ち取るためだ。この時も本当ならば紳士然として慰め労わるだけで留めるべきだった。しかしそんな理性を押し退けて、気づけば口付けを交わしていた。心細さに蹲《うずくま》る彼女をかき抱き、心にもない台詞を繰り返す。

「貴女を、お慕いしています……」

「……ぁ……」

甘い吐息が耳を擽る。触れ合った唇は柔らかく、幾度も啄むだけのキスを味わった。もの慣れないセシリアに合わせ、深く貪るような真似はしない。愛しい女にするが如く、ひたすら優しく、下手に技巧など凝らさずに、互いの熱を高め合う。次第に霞むアレクセイの思考の中で、もっと、と欲望が煽られた。溺れそうになる意識を叱咤して、どうにか唇を引き剝がす。

「……結婚、してくださいますね？」

「……はい」

腕の中に落ちてきた愚かな獲物を、アレクセイは壊れもののように抱き締めた。

セシリアにとって自分は理想的な金蔓《かねづる》なのだろうから、強かに隠し通す彼女は、さすがフェルデン子爵の娘と言うべきか。生まれながらに男を喜ばせるツボを心得ているのかもしれない。精々騙された振りをしてやるから、もっと自分を信頼し、のめり込めばいい。そう蔑みつつ、浮かべる笑みは極上に誂える。

それなのにアレクセイはセシリアの中に何かを探した。渇望するものの正体が分からないまま震える彼女を抱き締める。

「愛しているよ、セシリア」

ほんの少し寂しそうに翳ったセシリアの笑みは、本心からアレクセイの言葉を信じていないということだろうか。それがもどかしくて堪らず、もっと溺れさせてやりたくなる。

完全に自分へと依存させきった時にこそ、きっとこの飢えは満たされるだろう。だから、この嘘も突き通す。

そう。全て偽り。

目的のために、愛していると嘘をつく。


アレクセイとセシリアの結婚式は盛大に執り行われた。

金で爵位を買ったのだと噂する者は少なくないが、それを面と向かってアレクセイに言う強者などいやしない。それどころか、今や多方面に対して力をつけ、身分まで得ようとしている彼に擦り寄り、より強固な繋がりを得ようと狙っている。貼り付けた笑顔でそんな利己的な欲を誤魔化す彼らを、アレクセイは冷めた眼で見つめていた。ひっきりなしに祝辞を述べにやってくるのは、皆打算を抱えた者ばかり。うんざりしつつも今後を思えばぞんざいには扱えない。

アレクセイが事業の関係者に囲まれ、ほんの少し眼を離した隙に、セシリアへ近付く男がいた。ただの顔見知りでは近過ぎる距離で、彼女を褒め称えてにやける男を睨みそうになるのを、ぐっと耐える。簡単に笑顔を見せる迂闊なセシリアにも苛々する。

いつもとは比べものにならないほど着飾ったセシリアは信じられないくらいに美しく、神の前で誓う際にベールを上げた瞬間、アレクセイは息を呑んだ自分を嫌悪した。

施された化粧は彼女の白い肌を際立たせ、入念に結い上げられた髪もセシリアを一層輝かせる。恥じらい俯く姿は、言い知れぬ衝動を刺激した。

本当ならば口先だけの称賛を降らせ、当たり障《さわ》りなく婚儀を終えるつもりだったのに、現実には気の利いた言葉の一つも出てこない。結局アレクセイは、無言のまま視線を逸らして軽い口付けを交わすのが精いっぱいだった。

貴族の娘とは思えぬほどに華やかな場を好まないセシリアは、ウエディングドレスさえも地味なものを選び、決して豪華な装いで人目を引きつけているのではない。それでも滲み出る清楚な魅力が、遊び慣れた男たちには新鮮に映るらしい。何人もがあわよくばセシリアに触れようとしているのが見え見えだった。

可能ならば、好色《こうしょく》そうな眼つきの輩を片っ端から追い出してしまいたい。だがそうもいかず、話しかけてくる取引相手と談笑しながら、視線だけで彼女を追った。

白いドレスは、元々アレクセイの母親が父に嫁いだ際に身に纏っていたものを仕立て直したものだ。若干時代遅れに見えなくもないが、セシリアの楚々とした優美さを強調し、よく似合っている。

アレクセイは最初、最高の職人により金に糸目をつけない一級品を用意するつもりだった。自分の財力を示せるし、何より金をかけられて喜ばない女はいない。当然セシリアも眼を輝かせるだろう……その思惑は簡単に打ち砕かれた。拒否したのは、セシリア自身だ。

「そんな事に時間や手間をかけるよりも、私はアレクセイ様のお母様が使われたものを着たいです。私の父は……母のものを全て処分してしまったので何も残っていないのです。

私たちには祝福してくれる家族がいませんから、せめて想いの篭っている品を身につけ貴方に嫁ぎたい……」

いじらしいと感じたのは、何かの間違いに過ぎない。そんな古臭く高価でもないドレスなど今のアレクセイに相応しいはずもないのだから、恥をかかせるなと怒ってもいいくらいだ。けれど実際にはセシリアの説得に頷いた自分がいた。機嫌を取るためにも、簡単な望みを聞いてやるのは悪くないと思ったからだ。セシリアは、滅多に何かを要求したり意思を口にすることはなかった。珍しいおねだりを断固拒否するのも躊躇われる。より一層の信頼を得るには、物分りのよい夫を演じるのが得策だと判断した。

そして当日、やはりあの選択は間違っていたとアレクセイは奥歯を噛み締めている。

純白の衣装に包まれたセシリアの肢体は、清廉さと同時に妙な色香を放っていた。細く括れた腰を強調したせいか、思いの外豊かな胸が男たちを楽しませているのに気がついていないのか。無防備に振る舞う彼女の仕草に、アレクセイの機嫌はみるみる低下していった。

「失礼、妻が疲れてしまったようです」

丁度話に区切りがついたところで、人の輪から抜け出す。真っ直ぐ進む方向は、数人の男に囲まれた花嫁の元。

セシリアの白い手袋に口づけせんばかりの男は、女癖が悪いことで有名な貴族だった。アレクセイは素早く二人の間に入り込み、セシリアの腰に手を回す。警戒心の薄い彼女は驚いているだけで、男の下卑た下心には気づいてもいないらしい。それとも無意識に誘う淫婦なのか。

「申し訳ない。彼女の顔色があまりよくないので、少し休ませてやりたいのですが」

「おや、それは残念ですね。セシリア様、今度はゆっくりお会いしましょう」

「え、ええ……」

アレクセイの眼光に怯んだのか、男はそそくさと去って行った。その後姿を見送ることもなく、アレクセイは壁際へセシリアを誘導する。

「貴女は私の妻になったんだ。男に容易に名前を呼ばせるなどの軽挙は慎んでくれないか」

「そ、そんなつもりは……すみません。でも、その、私が許した訳ではありません。これだけは信じていただけませんか？」

思わず尖ってしまった言葉に、セシリアは涙ぐんだ。目尻に光る雫を眼にして、アレクセイは焦る。

「――すまない、言い過ぎた」

――怯えさせてどうする。

そんなに強く非難するつもりはなかった。この祝いの場でそんな行為は似つかわしくない。むしろ軽い嫉妬をしている振りでもすれば充分のはずだし、セシリアを褒め称えてご機嫌を取るのもいい。女は皆、そういうものが好きなのだから。しかし、口をついたのは怒りに支配された言葉だった。

――もしも、援助をチラつかせ求婚したのが自分ではなかったら、あの男でもセシリアは同意したのだろうか。

むかむかと胃が重くなる。不愉快な想像は、作り笑いで押し殺した。

「セシリアが綺麗過ぎて、余裕がなくなってしまうな」

「そんな……アレク様のお母様のドレスが素晴らしいからです。着ることを許してくださって、ありがとうございます。とても、嬉しいです」

はにかむ彼女の表情にアレクセイは内心でほくそ笑んだ。

「……今夜が楽しみだな……やっと君を私のものにできる」

完全に手にいれられる。そうすれば生かすも殺すも自分次第だ。セシリアの命運を握るのだと思うと、芯から震えが走った。どうやって長年の憎しみを晴らそう。復讐は始まったばかり。

微かに頷くセシリアを抱き寄せて、つむじに唇を落とす。この花を今夜手折るのだと実感し、待ちきれないほどに昂ぶってしまう。他の誰でもなく、セシリアを踏み荒らすのは、自分だ。

間もなくやってくる夜更けの気配に、アレクセイはひっそりと闇色の瞳を閉じた。

リネンを摑む女の手が、白く震えている。必死に押し殺そうとする声が、苦痛以外の艶を孕んでいた。

「……っ、ぁ！」

「……声を我慢しなくていい」

ゆるりと腰を動かせば、セシリアが小さく鳴いた。大きく開いた彼女の脚には、数え切れないほどの赤い花が散っている。それも、今繫がり合っている際どい場所のぎりぎりまで。

「聞かせて。セシリアの感じている声」

「や……っ、恥ずかし……！」

顔を隠そうとする彼女の手を引き剝がして、アレクセイは自分の背中へと細い腕を導いた。遠慮がちに迷っていた手がそっと肩の付近に落ち着き、添えられる。

「……ふ、ぅっ……」

「ああ、沢山溢れてくる」

既に注いだ白濁が、抜き差しする度に掻き出されてセシリアの白い腿を汚してゆく。その中に混じる赤の扇情的な色彩に、アレクセイは唇を舐め興奮を鎮めた。

これまで、どんな女に対してしてきたよりも時間をかけ丁寧に愛撫を施し、セシリアの純潔を奪った。本当ならば、多少強引にしてもよかったのかもしれない。初めての苦痛を味わわせ、屈服させるのも悪くはなかった。けれど、なぜかアレクセイは何度もセシリアを蕩《とろ》けさせ、充分に解してから繋がった。その瞬間、アレクセイはずっと欲しかったものを手にした時のような、久しく忘れていた感情に包まれた。

セシリアの頬を流れる涙を吸い取り、乱れた髪を直してやる。行為だけ見れば、愛し合う恋人同士のようで微笑ましい。けれども、実際は全く違う。

「君は……私のものだ」

名実共に手に入れた満足感が胸中を満たしてゆく。もう、誰にも渡さない。何者も彼女を奪えやしない。フェルデン子爵の持ち物は、根こそぎ何もかもこの手の中にある。

「……っあ、ん、ぁッ」

セシリアの赤く腫れた快楽の芽を親指で擦ってやりながら小刻みに腰を揺らせば、ぐちゅぐちゅと淫らな水音が鼓膜を叩き、否が応でも快感は高まる。痛みだけではなくなった甘い喘ぎがセシリアの唇から漏れるのを、アレクセイは心地よく聞いた。

――まるで獣だ。

一度達しても治まる気配のない欲望が、鎮める間もないまま湧き上がり、枯渇することを知らない。覚えたてのガキでもあるまいしと自嘲しつつ、身体はさらにセシリアへ溺れていった。これほど相性がいいとは予想外だ。セシリアの熱にうかされる顔を見るだけで甘い疼きが狂暴なものになる。獣欲の命ずるまま大きく突き上げ、抽送した。

「ぁ……っ、や、ゆっくり……」

「ああ……すまない。あまりに君が可愛いから、夢中になってしまった」

緩やかな速度に切り替えて、セシリアの中を味わった。柔らかく温かな内側が絡みつき、アレクセイを奥へと促す。敢えてそれに抗って浅く突きながら彼女の腹を撫で、中に注いだ穢れた欲を思い、暗い笑みが浮かんだ。一度や二度で実を結ぶ可能性は低いけれど、零ではない。

ひょっとしたら既に新たな命が芽吹いているのかもしれない。それならばもう、セシリアは逃げられらない。全ての真実を知ったとしても、自分の傍に留まるしか道はない。

「アッ、ぁあ……っ」

アレクセイは上体を倒してセシリアへ深く口づけた。今までとは違う貪るようなキスは、舌を絡め合い口内を舐め尽くす。戸惑い逃げるセシリアの舌を吸い上げて、荒々しく擦り合わせた。

「……ん、ぅう……」

「は……もっと舌、出して」

再び奥まで達してしまった結合と、息苦しさから真っ赤になったセシリアの頬を撫で、掠れた声で誘惑する。素直に従う彼女と唇を重ね、上と下から同時に響く淫らな音に眩暈がした。

「恥ずかし……っ」

わざと音をたてているのに気がついたセシリアが横を向いてしまったので、咎めるように耳朶を甘噛みする。そのまま舌をねじ込めば、彼女の身体が小さく跳ねた。

「気持ちいい……？」

「そんなこと……聞かないでくださ……っ」

羞恥の涙をこぼすセシリアに酷く嗜虐《しぎゃく》的な気持ちが沸き起こり、アレクセイは彼女の両脚を抱え込んで腰を深く穿った。すると浮き上がった身体が不安定になり、アレクセイの背中に回されていたセシリアの手に力が篭る。

「んッ、ぁ、あっ」

反らされた喉に喰らい付き鬱血痕を刻んでゆくが、淫楽に飲まれたセシリアは認識していないようだった。おそらく翌朝にはメイドに見せられない状態だと思うと、溜飲が下がる心地がする。

――足りない。抱けば抱くほど餓えが増す。

もっと染め上げたい。内側から汚したい。

腐った欲望に支配され、セシリアが疲れきっているのも構わず行為を続ける。健気にもアレクセイを受け止めようとする入口は可哀想なほどに赤く熟れていた。既に敷布は互いの体液でドロドロになり不快この上なく、部屋中に満ちた淫靡な香りが冷静な思考力を喰い荒らしてゆく。

「あっ、ん、ぁあ――ッ……」

「……っ、」

腹側を意識的に擦り上げた瞬間、セシリアが甲高い嬌声と共に果てた。同時に収縮する

内壁に吐精を強請られ、その強い締め付けに耐え切れずアレクセイも達した。

「……は、ぁ……」

絶え絶えに呼吸を乱し、セシリアは虚ろな視線を彷徨わせている。弛緩した身体から抜け出し見れば、蹂躙し尽くした場所は痛々しくも飲み込みきれなかった白濁を滴していた。

――昼間のあの男が相手でも同じように淫らに受け入れるんだろう？

セシリアはそれが役割と割り切って、損得勘定で男を選ぶに違いない。フェルデン子爵の娘なのだから、計算高くて当たり前だ。そう思うと、抑えたはずの黒い感情がアレクセイの中で振り返してくる。

――だが、他の男どもが物欲しそうに見ていたこの身体は、もう自分だけのもの。

細身でありながら柔らかな肉は抱き心地がよい。背中に並ぶ黒子や、脚の付け根にある薄いものを知るのもアレクセイだけ。その事実が身体の奥を熱くする。

「アレク……様……」

じっとセシリアを見下ろしていると彼女の手が何かを探し始め、伸ばされたか細い手をアレクセイは気まぐれに握ってやった。すると、弱々しく指を絡めながらセシリアは微笑んだ。

「私を……妻にしてくださり……ありがとうございます……」

何も知らない愚かな女は、こちらの思惑など気づきもせずに感謝など述べている。いっそ嘲笑ってやろうかと思ったが、なぜかアレクセイはセシリアの手を両手で包み込んでいた。

「……お休み、セシリア」

こぼれた声は奇妙に優しく、それがアレクセイを驚かせる。

眠りに落ちた女は、既にこちらの言葉など聞いてはいない。ならば、偽りの思いやりなど必要ないはずなのに、自分は一体何をしているのか。

込み上げる疼きが煩わしく、理解できない。それ以上に、恐ろしい。目的を忘れそうになってしまう自身が信じられなくて、アレクセイは片手で顔を覆った。

セシリアの一挙手一投足に翻弄されている。甘やかしてしまいたくなるような感情に突き動かされそうになる。

――この女は危険だ。

予想外の感情を刺激するセシリアを見下ろして、アレクセイは片手で髪を掻き上げた。

ザワザワと胸騒ぎが高まり、目的は半分以上達成しつつあるにもかかわらず陰鬱に押し潰されそうな心地がのし掛かる。

――この程度では、癒されない。純潔を奪ってやったくらいでは。そうだ、だから満足できないんだ。もっと明確な復讐を果たさなければ。

両親の死に顔と姉の犠牲を思い出し、滾る黒い炎に薪をくべた。憎んでいなければ共にいる理由がなくなる。利用するために手を出した女に動揺させられるなんて、自分が未熟だからに他ならない。

片手は眠るセシリアの指に触れたまま、アレクセイは暗く濁った瞳を閉じた。

セシリアと結婚して二ヶ月。

アレクセイが全ての仕事を終え帰宅した頃には、もう深夜を回っていた。フェルデン子爵の事業を立て直し、更に大きくした今、身体が二つあればいいと思うほど、毎日忙しい。だが、これから行うことを思えば、肉体の疲れなど無意味なほどに陰鬱な心地に押し潰される。

静まり返った屋敷の中、ゆっくり階段を昇った。意匠を凝らした手摺《てすり》は美しいが、そんなものではもう心の慰めにはならない。

初めはアレクセイが帰るまで決して床に就こうとはせず起きて待っていたセシリアだが、最近は先に休んでいなさいとの言葉に従い、もう眠っている。そうでなければ困る。

渋っていた彼女が素直に従うようになったのは、この数日体調が思わしくないのも理由の一つだろう。その原因にアレクセイは当然心当たりがあった。

音をたてないよう細心の注意を払って開けた扉の奥は、静寂と闇に沈んでいる。ともすれば、アレクセイの心音が一番煩く鳴り響いていた。

靴音に気をつけながら、視線はベッドで横になっているセシリアから離さない。一歩、一歩、慎重に進んだ先にはテーブルに置かれた水差しがある。

手の中にある小瓶が突然重みを変えた。その中に収められているのは、アレクセイの父と母を死に至らしめたものだ。二人の死顔がチラつくのを遮断して、いつものように何も考えず機械的に小瓶を傾ける。

全てが寝静まった闇の中、ポトリ、ポトリと無色透明の滴を垂らした。水に落とされても、それは痕跡さえ残さず混じり合い、臭いもほとんどない。けれどこれは一定の量で瞬く間に人の命を奪う猛毒だ。悪魔の涙――そう、呼ばれていた。可能な限り薄めて長期にわたり飲ませれば、徐々に身体を弱らせてゆくこともできる。

ゆっくり時間をかけ、長い年月苦しませせて死に至らしめる。

良い夫を演じ、セシリアが完全に心を許した瞬間に真実を告げ、絶望に突き落とすつもりだった。そのためには子供を利用する気でさえいた。

けれども、そんな悠長なことをしていては復讐心が鈍らされる。セシリアの言動に惑わされ、アレクセイは生きる意味を見失いかけていた。

――間違いは正さなければならない。そうでなければ、両親にもアンネリーゼにも顔向けできない。

だから、彼女を排除する。

あと何滴か加えてしまえば、たちまち効果は現れるだろう。それこそ瞬時にセシリアの息の根を止めるに違いない。いっそもうそうしてしまおうかという誘惑に傾きかけると、同じだけの強さで腕が固まってしまう。結局、いつも通りの二滴が水面を揺らした。

「……」

アレクセイは何事もなかったかのような静謐な顔をした水差しの表面を見ていた。暗い瞳には何の表情も浮かんではいない。ただただ重く凍えている。

決意を固めてから毎日、セシリアが口にするものへ混ぜ続けた毒薬。まるでそれが義務であるかのように。摩耗してゆく感情は、いつしか何も感じなくなる――そう信じていた。なのに今、どうして並々と水の注がれた器を苦々しい気持ちで眺めているのだろう。

この量では、すぐに命に関わることはない。内臓は弱り、頭痛に苛まれはするが、鼓動を止めるには至らない。だが、長く服用すれば、当然その先に見えるのはただ一つだ。緩やかな死――

アレクセイは毒薬が入った小瓶を握り締めた。薄汚れたそれは、長年の時の経過を思わせる。今まで幾人の命を奪ってきたのか、知る者は誰もいない。新たな犠牲者としてアレクセイはセシリアを加えようとしていた。それが、考え出した復讐の終着点。数年後か十数年後か、ベッドから起き上がれないほどに弱ったセシリアに全てを明かし、絶望に突き落とす。

終わりの瞬間、彼女はどんな顔をするだろう。

「……っ」

震えた手が小瓶を取り落としそうになり、アレクセイは我に返った。

何を今更怖気づいているのか。今日も、この水差しをセシリアの枕元に置いておくだけでいい。そうすれば、彼女は勝手にこれを飲んでくれる。けれど不確定な賭けは、セシリアがアレクセイへ水を勧める可能性もある。万が一そうなればアレクセイは飲むつもりだった。実際過去には何度かそんな状況にも陥った。

一度や二度口にしたところで、すぐにどうこうなるものでもない。失敗したらしたで、構わない気さえ最近はしている。おそらくこの毒がセシリアを決定的に害する頃には、アレクセイも無事ではないだろう。憎い仇を屠れば醜い感情から解き放たれ、人に戻れる幻想を抱いていた。しかしそれがどうだ――

現実には毎日何かが死んでゆく。セシリアの命を削る度、己の魂も腐ってゆく。まるで消極的な自殺だ。

毒の滴を垂らすほどに広がる闇はアレクセイを支配した。もう、戻れない。いっそ小瓶の中身全てをぶちまけてしまおうか。そしてセシリアと共に自分もそれを飲む。苦しみは少ない。両親と同じように折り重なって天に上れる。

「……そんな訳あるはずがない」

甘やかな妄想に浸りそうな自身をアレクセイは嘲笑った。

積極的ではないにしろ、人を殺めようとしている自分が天国へ迎え入れられるはずがない。間違いなく地獄へ堕ちる。でも、それでいいのだ。

――憎め。もっと憎悪を滾らせろ。

復讐する者とされる者。それだけがセシリアと自分との繋がり。

——楽になど死なせてやらない。解放もしない。お前はここで、私の手の中で弱り、死んでゆく。その命を握るのは自分だ。セシリアの時間も身体も未来さえ、全て所有物。眠るセシリアは無防備で、細い首は簡単に折れてしまいそうだ。いつでも、どんな方法でも刈り取ることは容易い。

彼女の命は自分の心一つだと思うと、信じられないほどの愉悦が沸き起こった。

ふと、部屋の片隅に飾られた薔薇に気がつく。メイド頭のリーザによれば、毎日セシリア自らが摘んで飾っているという。

元々アンネリーゼに仕えていたリーザは、セシリアを快く思っていない。それをはっきりと態度に表すほど愚かではないけれど、自分たちの仕事を奪われ困っていると言った口調には、苛立ちが混ざっていた。

セシリアは着替えや身仕度は自分でこなし、更には厨房にまで出入りしようとしたせいで、反感を買ったらしい。

薔薇は、丁寧に全ての棘が取り払われていた。

今まで、ゆっくり花を愛でる機会もなかったから、それを楽しむ感覚は培われていない。けれど、綺麗だと思った。

心地よく整えられた室内は、セシリアの計らいによるものらしい。これまで眠るだけだった寝室は、今や安らげる場所になりつつある。

彼女と暮らすうちに見え始めたものは、憎しみという色眼鏡を通してさえ優しい労わりと心遣いに満ちていた。

だが、それが何だと言うのだ？

少しばかり人が好《よ》ければ、免罪符になるとでも？

「……忘れるな、父と母の死に顔を。姉さんの苦しみを」

安らかな寝息をたてながら自分を惑わすセシリアが、あの男の娘であるのは覆せない事実。この立ち位置が変わることは決してない。

――迷うくらいならば、いっそ――決着をつけてしまえ。

このままでは愚かなことを口走ってしまいそうだ。目的を遂げるには、およそ不必要な感情に支配され、過ちを犯してしまう。

一息に殺してしまえと喚く自分とそれを止める己が混在している。今夜こそ、という決意も虚しく、アレクセイは小瓶を棚の奥深くにしまった。まだその時ではないと言い訳し、憂鬱な決断を明日に持ち越して。

「……しっかりしろ……」

今更、戻れやしない。分かりきっているくせに、何を迷う必要がある。

「……ぅ、ん……」

「……っ！」

あえかな声と共に背後でセシリアが身じろぐ音がした。強張らせた背中で気配を探るが、セシリアが起きた様子はなく、再び規則正しい寝息が聞こえる。

アレクセイはゆっくりベッドを振り返った。

何も知らず、無防備に眠るセシリア。その命を握られているなどとは、夢にも思わないだろう。愚かな女。その身に殺意を持った男を受け入れ、毎日微笑みを絶やさない。夜着の隙間から覗く鬱血痕に、嗜虐的な気持ちがそそられた。

そっと伸ばした指でセシリアの鎖骨付近をなぞる。これまで別の女との情事の際にそんな痕を残したことはない。けれどセシリアを抱いていると、自分の痕跡を刻みたくて仕方なくなる時がある。むしろその衝動を堪えることの方が難しい。今だって、首をもたげる欲望を抑え込むのに精いっぱいだ。

――お前はいつか自分を殺す男に組み敷かれているんだよ。

白い肌に浮かぶ花弁は、痛々しい噛み跡にも見える。アレクセイがその同じ場所に唇を重ね、軽く歯を立てれば、張りのある肌が弾力を持って跳ね返してきた。

「……ふ、ぅ」

眉間にシワを寄せ、セシリアが微かに苦痛の声を漏らしたことに奇妙な満足感が湧き、宥めるように舌で擽る。すると、穏やかになった表情で彼女の腕が何かを探すようにシーツの上を彷徨った。

「いっそ、このまま噛み切ってやろうか」

嘲笑う自分の声が空々しく闇に溶ける。

深い眠りにあって尚、こちらを惑わせる女が厭わしい。惑わされているという事実さえ認めたくはない。

――憎め。誰よりも、強く。

もう何度、黒い焔を滾らせたか分からない。見失いそうになる刃の行き先を己に言い聞かせる。

不意に、セシリアの指がアレクセイの袖口を捕らえた。

すると探しものを見つけたとでも言いたげに、細い指がアレクセイの肌へと移動する。突然の行為に驚いて硬直しているうちに、セシリアに手を重ねられてしまった。あまつさえ、胸元に引き寄せられ握り締められる。

「……っ」

跳ね上がった鼓動を誰に聞かれる訳もないのに、アレクセイは大きく仰け反った。けれど、無理やり手を振り払おうとは思わない。むしろ、思いとは裏腹に腕から先はじっと静止している。

起きたのかと心配したが、単純に寝ぼけているだけらしい。

暫くセシリアの寝顔を見つめていると、残されたアレクセイの手が無意識に彼女の髪を撫でていた。荒れ狂う心中とは裏腹に、柔らかな焦げ茶を指に絡める。セシリアが目覚めていれば決してしない行為はひどく静かで、心地よい。

僅かに開いた彼女の唇を見守るうちに、アレクセイは数日前の夜を思い出していた。

その日も帰りは遅くなり、簡単に入浴を済ませたアレクセイはすぐに眠るつもりだった。

だが寝室に戻れば、予想外にセシリアが起きて待っていた。

「まだ起きていたのか？」

「ごめんなさい。眼が冴えてしまったのです。それに、どうしてもお伝えしたいことがあって……」

毒を盛ろうとしていた罪悪感から思わず言葉のきつくなってしまったアレクセイにセシリアは申し訳なさそうに謝罪する。従順すぎるその姿に、お門違いと分かっていても不快感が募った。

「あの、もう休まれますか？　もしよろしければ、少し話をしませんか？」

セシリアから何かを提案されるのは珍しい。基本的に受け身の彼女は、アレクセイの意見に反対することはないが、積極的に関わろうとするのも滅多にない。だからアレクセイは当然それを受け入れた。

「そうだな……なら、少し飲もうか。君も一緒に飲むといい」

「お酒は……あまり得意ではありません」

そう言いながらも、こんな夜中に使用人を煩わせては可哀想だと、セシリア自らが手際よく準備をする。

ワインを水で薄めたセシリアは、数口飲めば、頬を上気させた。その水の中には、もちろん薄めた毒が入れてある。アレクセイは暗い瞳を押し隠すために杯を呷った。

「みたいだね。でも頬が赤らんで、とても魅力的だ」

　意識を逸らしたくて甘い声で囁けば、セシリアの頬は面白いほど素直に反応し羞恥に染まる。心にもない言葉でも、女を喜ばせる手管くらいは心得ている。だがなぜだか胸が苦しくなり、アレクセイは眼を伏せた。

「……やめて、ください。無理をなさらなくてもいいんですよ」

「……？」

　舞い上がってもおかしくないだろうに、セシリアからは予想とは若干異なる答えが帰ってきた。照れている、というのとも違う。しいて言うなら、苦しそうでさえある。

「毎晩、遅くまでお仕事ご苦労様です。私にはアレク様の手助けをすることはできませんし、その大変さも想像するしかないのですが……あまり無理はしないでくださいね」

「君が気に病むことはない。それに、君だってより良い暮らしをしたいだろう？　それには――」

「それよりも、アレク様のお身体の方が心配です」

　珍しく、遮る勢いでセシリアが言いきった。

「私は、充分過ぎるほどよくしていただいています。これ以上は望みません。むしろ、貴方との時間を大切にしたいと思います。だって、せっかく縁あってこうしているんですもの……私は家族を大事にしたいのです」

「家族……」

内実はともかく、確かに形だけはそうだ。だが、あまりに自分たちへそぐわない表現に、思わずアレクセイは言葉を失ってしまう。二人の間にあるのは、愛情でも信頼でもない。ただ一つ、『復讐』という暗い河だ。

「はい。母は私が幼い頃に亡くなりましたし、父とは……その、同じ屋敷に住むことになっても疎遠でしたから……」

セシリアの母親、つまりフェルデン前子爵の奥方は、生まれつき身体が弱く娘を産んで寝たきりの状態になったらしい。だから社交界に顔を見せることもなく、子爵は常に別の女を伴っていた。それは親族の女性であったり、その時々の愛人だ。どちらにしても療養の名目で田舎に追いやられていた奥方を直接知る者はほぼ皆無で、それに同行していたセシリアに会ったことがある者も少なかったのである。更に母親の死後も彼女は中々王都には戻らず、強引に連れ戻された後も、積極的に公の場に出ようとはしなかった。そのためアレクセイはセシリアの顔をよく知らなかったのだ。

「母の印象は泣き顔しかないのです。あの頃は私も幼過ぎて分かりませんでしたが、今なら理解できます。政略結婚など珍しくもないけれど、歩み寄れない生活は不幸でしかありませんね」

言外に現在の自分へ重ね合わせて非難しているようにも聞こえるし、母の心の支えになれなかった自身を恥じているようにも聞こえた。セシリアは暫くの逡巡《しゅんじゅん》の後、もう一口ワインを含んだ。

「数年振りに顔を合わせた父は、野心に燃え私など眼中にない様子でした。それでも手元に置いたのは、いずれどこかの権力者と婚姻を結ぶための手駒にするおつもりだったのか、世間体のためか……おそらくは両方でしょうね。まともな会話をした記憶もありません。私たちは、一緒に住んでいながらも他人よりも遠かった気がします」

　確かにあの冷酷な男ならば、子供など道具の一つでしかないだろう。まして後継者となる男子ではないセシリアの利用価値は低かったと思われる。

「だから、憧れなのです。温かい家庭、というものが」

「……そう」

　この重苦しい感覚は何だ。どうして今、胸が痛い？　石を飲んだような違和感が胸の内にわだかまる。

　アレクセイは原因不明の疼痛《とうつう》に顔をしかめた。

「いつかは……私も……」

「分かった。ところで、話したいこととは何だ？」

　セシリアの声は次第に小さくなり、後半は聞き取れない。これ以上会話し続けるのが苦痛で、アレクセイは話を断ち切った。

「あ、すみません。あの、これのお礼を申し上げたくて」

　セシリアが取り出したのは、昨日できあがったばかりのルビーのペンダントだった。

「律儀だな。プレゼントなど初めてでもないだろう。礼など明日の朝で構わなかったのに」

「でも……これは、特別な気がしたのです。とても気に入りました。ありがとうございます」

本当に嬉しそうなセシリアを見て、アレクセイは息を詰まらせた。

今まで様々な贈り物はしてきた。求婚中などは特に。それらの大半は丁寧な手紙と共に返却されたけれど、アレクセイ自身が選んだものは何一つなく、金額だけを指示して使用人に選ばせたものになど、心が篭っているはずがない。だが、このペンダントだけは別だった。自分でも説明がつかない気まぐれから、特別に作らせていた。それを、セシリアは感じ取ったのだろうか。

「私、この色がとても好きなのです」

「……知っている」

セシリアは与えられたものに不平不満など漏らしたりしない。特別要望を表すこともないから、一見好き嫌いなど、なく思える。だが、それは間違いだ。彼女は言いなりのお人形ではなく、きちんと自分の意思を持っていた。それを表現するのが苦手なだけ。注意深く観察していれば、深みのある情熱的な赤を好むのはすぐに分かった。

「似合うでしょうか？」

鎖をつまんだセシリアが、ペンダントを胸元にあてる。彼女の白い肌に、鮮烈なルビーの赤が想像以上に艶やかに輝いていた。けれどそれよりも眩しいのが、セシリアの笑顔。

「……ああ、とても」

――馬鹿な真似をした。

どうしてあんなものを送ろうと思ったのか。自分自身に歯噛みする。軽率だったと言わざるを得ない。己のことであるのに、制御がきかなくて意味不明だ。

信頼を得るため？　――きっとそうだ。他に理由など、ありはしない。

セシリアの笑顔に浮き足立つ気持ちなど気のせいと切り捨てて、アレクセイはいつもよりも早いペースで喉を潤した。それにつられたのか否か、セシリアもワインを飲む。

やがてトロリと目蓋を落としたセシリアの上体が揺れ、力の抜けた身体がソファーに沈み込んだ。

「セシリア……？」

規則正しい呼吸が聞こえる。閉ざされた瞳を縁取る睫毛が震えていた。どうやら慣れない飲酒のせいで眠ってしまったらしい。無防備な寝顔は、眼前の男が復讐者だとは考えもせず安らかだ。

「……全てを知れば、そんな世迷言など口にはできないだろうな……」

その瞬間を夢想して、アレクセイは暗い笑みを浮かべた。絶望に歪むか、怒り狂うか
――それとも？

茶番を積み上げた先にある破滅は、刻一刻と近付いてくる。終わりは近い。

セシリアの額にかかった髪を払ってやった指は酷く冷えていた。心が凍てついた男には似合いだろう。だが、温もりを宿すセシリアの肌を求めてしまいそうになる。――温めて欲しいなどという戯言を述べてしまいたくなるのは、自分が弱いせいに違いない。

「……こんな所で寝ては風邪をひく」

別に放っておいても構わないが、体調を損なう恐れがある。それでは色々都合が悪いから、ベッドに運んでやるだけ。他の思惑などあるはずもない。

抱き上げたセシリアの身体は軽くて、全てをこちらに預けきるかのような油断しきった様に鼓動が跳ねた。その際、たまたまアレクセイの首筋をセシリアの唇が掠め、呼吸が止まる。

――何を動揺している。

苦々しい思いが、少し乱暴に彼女をシーツに放らせた。軽く弾んだ手脚が静かに投げ出されたのを見下ろし、溜め息を吐く。起こしたかという心配は杞憂に過ぎず、セシリアは変わらず夢の中だった。

「気楽なものだな」

何だかんだと理屈を捏ねても、貴族の箱入り娘にできることなど何もない。――恐れることなど、何も。

「……お母……様……」

小さな声は、耳を澄ませていなければ聞こえなかった。弱々しく紡がれたのは、他に頼る相手のいない孤独な幼子のものによく似ている。

透明な雫が滑らかなセシリアの頬を伝い落ち、アレクセイは何も考えないまま、それを唇で吸い取り愕然とした。そんな行為は想い合う恋人同士にこそ相応しい。絶対に、自分たちには当て嵌まらない。

もはや疲れも眠気も吹き飛んでいた。それよりも、同じ部屋にセシリアと二人きりでいることに冷静になれない。

アレクセイは逃げ出すように寝室を後にした。


あの夜は、無様にも彼女へ背を向けた。だが今夜は眠るセシリアをじっと見下ろす。

穏やかに口角の上がった彼女は、どんな夢を見ているのか。

きっと、幸せな幻想の中にいる。偽りの園で、安穏と眠りを貪っている。その世界では、アレクセイはどんな立ち位置にあるのだろう。金銭的に利用できる夫か。平民の身のほど知らずか。

ドロリとした澱が、心の底に沈む。上澄みを漂っていた意識は、本来住むべき泥の中へ堕ちてゆく。底なしの闇の中へと。

――そうだ。このままではいけない。いつまで家族ごっこを続けるつもりなんだ。

感傷に流され触れてしまいそうになる手を無理やりセシリアから引き剝がし、アレクセイは息を詰め当初の目的を思い返した。

――フェルデン家を乗っ取ってやる。あの男への復讐のためには何でも利用する。それにはは娘であるセシリアが最高の駒だと思っていた。だが、今はセシリアこそが障害となっている。

「……ぅ、ん……」

寝返りをうったセシリアが緩やかに目蓋を開いた。暫くボンヤリとしていた視線がアレクセイへと据えられる。

「……アレク様……？　どうしたのですか……？」

回想を彷徨っていたアレクセイの意識は一息に引き戻され、一瞬、表情を取り繕うことも忘れてしまった。

「嫌な夢でも見ましたか？」

「いや……どうして？」

「だって、とても辛そうです……」

持ち上げられたセシリアの手がアレクセイの髪に触れ、そのまま子供をあやすように撫でてくる。

「泣かないでください」

「何を……」

涙など流す訳がない。もう十年以上そんなものは存在さえ忘れている。なのに、温かな手が頭を愛撫するのが気持ちよく、拒むことはできなかった。

澄んだセシリアの瞳の中に、情けない顔をした男が映る。それを眼にした瞬間、ギリギリまで引き絞られていた精神が、唐突に弾けた。それはあまりに突然で、そして当然の結末だ。もう随分前から予兆はあったのだから。無視し続けていたのは、他でもない自分自身。けれど、それももう限界だった。

――傍にいるのは危険過ぎる。

暗がりに慣れた眼には、セシリアの僅かに青い顔色がアレクセイの罪の証として捉えられた。少しずつ、でも確実に彼女を蝕《むしば》んでゆく無味無臭の悪意の塊。

「アレク様……？」

仇の娘。両親を死に追いやり、誇りも未来も奪った男が憎くて恨めしくて仕方ない。復讐しなければ、姉を犠牲にしてまで生き延びた意味がなくなる。だから、アレクセイはどれだけ押し殺しても込み上げる想いを認める訳にはいかない。この感情に名前などつけたくない。

――いつからおかしくなった？

たぶん最初から。初めてセシリアを眼にした瞬間から、もう運命は狂い出していた。いい加減に、正しい道へ戻さねばならない。

「……次に休みが取れたら、景色のいい別邸に行ってみないか」

「え？」

「二人きりで、ゆっくり過ごしたい」

あそこは始まりの地。幸せだった記憶と両親が眠る大切な場所。成功してすぐに買戻し、修繕を重ねたが、ほとんど脚を向けたことはなかった。そこで、決着をつけよう。思い悩む元凶を取り除く。

つまりセシリアを――

「私と、アレク様の二人で？　……嬉しい」

綻んだ彼女の目元は僅かに赤く染まっていた。そこに媚《こび》や嘘は浮かんでいない。その事実に――息苦しくなる。

「では、そうだな……五日後に。それまでには仕事に片をつける」

「でもお忙しいでしょう？　本当に大丈夫ですか？　私のことでしたらお気になさらずとも」

「私が、そうしたいんだ」

そう告げた時のセシリアの笑顔を忘れることは、きっと永遠にない。

8．崩壊

「見てください、アレク様！　今そこに野兎がいました」

声を弾ませ、子供のように頬を赤らめたセシリアが振り返る。その焦げ茶の瞳は、見たこともないほど煌めいていた。

約束通り五日後にアレクセイがセシリアと訪れたのは、幼い頃両親と住んでいた屋敷だ。王都からは馬車で数時間はかかる。特別遠い訳ではないが、頻繁に行き来する気になるほど近い訳でもない。すぐそばを河が流れ、緑が豊富な静かな場所。野兎が住む森が背後に控えている。

「使用人も最小限にしているから、色々不便があるかもしれないけれど」

「大丈夫です！　私、意外に何でも自分でできるんですよ？」

陽光の下、明るく輝く笑顔は屈託なく眩しい。後ろ暗い決意を隠すため、アレクセイは眼を細め、わざと視界を歪めた。

「慣れない遠出で疲れただろう。今日はもうゆっくり休んで、明日は一緒に散策でもしよう」

この屋敷から暫く歩いた先にある、今はもう朽ちた教会が両親の葬儀をあげてくれた。自殺者を受け入れてくれる墓所は少ない。今まで多額の寄付をしていたからこそ、異例として許されたのだ。しかし、それも昔の話。庇護者のなくなった地方の小さな教会など、時代の流れの中で取り残されてしまった。建物は老朽化し新たな牧師も派遣されなくなれば、瞬く間に人心も離れてゆく。そして今では立派な廃墟に成り下がっている。

アレクセイはそこへセシリアと共に行くつもりだった。幸せだった象徴とも言える場所に赴けば、揺れる心も定まるだろう。思い悩む貧弱な精神を叱咤して、不要なものをかなぐり捨てたい。あの場所ほど、それに適した所はない。

しかし決意を形にする日は訪れなかった。

翌明け方から突然天気は崩れ、そのまま屋敷は風雨に閉じ込められてしまったからだ。刻一刻と悪化する空は、到着した時の青さなど忘れてしまったかのように重苦しく塗り込められる。さながら、愚かな自身の思惑を拒絶されているように。

「……止みそうにはありませんね」

窓際に立ちながら外に眼をやり、セシリアは残念そうに呟いた。空は気まぐれに光り、その後に不吉な音を響かせる。まだ正午を過ぎたばかりなのにもかかわらず、陰鬱な薄暗さは夕刻のようだ。

「季節外れの雷雨だな。せっかくの休日が台なしだ。すまない、セシリア」

「アレク様は何も悪くありません。それに……私、嬉しいのです。だって、こんな風に長く二人きりで過ごすのは初めてではないですか」

どこかでホッとしている自分にアレクセイは気がついていた。この雨が降っている間は終わりの時はこない。

「晴れたら、何がしたい？」

「こうしているだけで満足です。でもそうですね、昨日仰っていた場所には連れて行って欲しいです」

「――――もちろん」

セシリアの背後に立ち、腕を回して彼女を抱き締める。すっぽりと閉じ込めてしまえば、奇妙に安心感が募った。

「……ずっと傍にいてくれるか？」

「当たり前じゃないですか。……どうしました？」

叶える気のない願いを口にし、時間を稼ぐ。

戯れなどではない真剣さを嗅ぎ取ったのか、セシリアは声を落とした。けれど答えられないまま首すじに顔を埋めるアレクセイを問い詰めようとも、引き剝がそうともしなかった。ただ静かに、震える黒髪を撫でてくれる。

「私たちは、皆の前で誓いました。病める時も健やかなる時も、共に歩むと。貴方は私の恩人です。決して違《たが》えたりしません」

「ああ」

「……」

黙り込んだセシリアは、肩へ回されたアレクセイの腕へ静かに触れた。吐息がかかり、頬が摺り寄せられる。互いに無言になったまま、体温だけを交わし合った。

――もしも、このまま滞在予定中ずっと天候が回復しなければ――それが神の意思なのだろうか。醜い復讐心など忘れ、偽りに築いたこの生活を守れという意味になるのか。油断すると逃げ道を求めたくなる弱さが、セシリアを殺めないで済む理由を見つけようと足掻く。馬鹿なことを、と頭を振って、アレクセイは来るべき未来を夢想した。

それは全てを終え、地位も名誉も手に入れて、誇りを取り戻した自分自身。両親の汚名も雪《すす》ぎたい。アンネリーゼの墓所も華やかに花で埋め尽くそう。勝手な噂話など撥ね付けられるだけの力を得て、今度こそ安らかな眠りを約束する。

理想に満ちた、焦がれ続けた終着地点。間もなくそれは、現実となる。

そして――傍らには誰もいない。アレクセイはたった独り、この先も生きてゆく。

そう思い至り、今腕の中にある温もりが失われることに酷い寂しさを覚え、愕然とした。理解していなかった訳ではない。セシリアに手をかけるとはそういう意味だ。だが、改めて突き付けられた現実にアレクセイの何かが悲鳴をあげた。

「アレク様……？　苦しい、です」

力いっぱい抱き寄せてしまったせいで、セシリアが身じろいだ。肩と腹に回していた自分の腕は、彼女の身体へ食い込まんばかりに拘束を強めている。

「す、すまない。考えごとをしていた」

慌てて解放すると、セシリアはアレクセイの方を向いた。

「明日は、晴れたらいいですね。でも今回が無理でも構いません。また一緒にこられる日を楽しみに待ち続けます」

そう言った彼女の全てを悟ったような微笑みを目にして、殴りつけられたかの衝撃がアレクセイへ走った。

セシリアが知るはずはない。過去を、この殺意を。けれど、何もかも包み込むように穏やかな笑みは崩れることがない。

無知故でも、強かな愛想笑いでもなく、見る者の心を揺さぶるそれは、アレクセイの心の奥底まで染み込んでゆく。

「どうして……」

「え？」

「なぜ、そうやっていつも微笑んでいられる？　辛いことは多かったはずだ。現に今だって――」

好きでもない成り上がり者に金で買われたも同然。使用人たちからは受け入れられず、居心地のよい生活とは思えない。

「……幸せだから、です」

「そんな訳――」

「幸せですよ？　だって、大切と感じられる方の傍にいられるんですもの」

僅かに頬を赤らめたセシリアが正面から視線を絡める。今までアレクセイが出会ってきた女たちの打算的な媚とは全く違う真摯な瞳に、言葉を失う。

「本当は、贈り物も豪華なドレスもいりません。アレク様がいてくだされば、それだけで私は幸福を感じられるのです。ですから、無理をなさらないでください。貴方の弱い所も私が受け止めますから、曝け出して構いませんよ」

強くあらねばならないと、子供の頃から思っていた。長男として両親の期待に応えたかったし、彼らを喪ってからは、より一層弱味など見せられず誰にも負けないよう虚勢を張って生きてきた。いつしかそれが、本当の自分だと信じ込むほどに。でも、実際は――誰かに認めて欲しかったのかもしれない。よく頑張ったと、安息の場を与えて欲しかった。

どこか甘い感覚が胸中を満たし、渇ききった荒地が潤う。

――殺せない――

本当はアレクセイには分かっていた。セシリアには何ら咎を負わねばならぬ理由がないことを。フェルデン子爵の悪行とはまるで関わりがないことを。

眼を背け続け、お門違いな憎しみを滾らせていたのは、そうすることでしか、自分を支えられなかったからだと。

いや、違う――

自分は理由を捏《こ》ねて、セシリアを手に入れたかった。

「……っ！」

急激に開けた真実がアレクセイを強張らせた。

「私には、アレク様の苦しみを取り払っては差し上げられません。でも、せめて心地のいい帰る場所を作れればと思っています。なかなか、上手くいかないのですけれど」

「セシリア……」

――死なせたくない。

自分は、彼女を屠《ほふ》るほどの憎しみを維持できない。なぜならこんなにも――

愛してしまった。

仇の娘に心奪われたなど、認めたくないがために憎悪を滾らせたが、心は出会った時に囚われ、知れば知るほど惹かれてしまっていた。常に他者を優先する優しさや驕らない気さくさ、自身の眼でものを見ようとする聡明さ。脆さと強さが混在し、彼女の何もかもがいじらしくて眩しかった。

もう誤魔化せない。

柔らかく微笑むセシリアへ、アレクセイは身を投げ出し許しを請いたくなる衝動に突き動かされた。伸ばされたセシリアの手を取り額を押し付け眼を瞑る。

「……すまない……」

「何だか怖い夢でも見たようなお顔ですね」

――夢？　ああ、とびきりの悪夢かもしれない。永遠に覚めない悪夢の中、狂い死ぬまで懺悔したら許される時が訪れるだろうか。

「ああ、このままずっとさ迷うのかと思った。……その方が良かったのかもしれない……」

「大丈夫ですよ。仮にそうだとしても、ただの夢です……」

そうならば、どんなによかったか。出会った時より細くなったセシリアの腕は、自分が与え続けた『悪魔の涙』のせいだ。そのことにも罪を突きつけられる。

「知っていますか？　忘れてしまいたいような夢は人に話してしまえばいいのです。そうすれば、正夢にはならないんですよ」

「初めて聞いたな……そんな迷信」

「私を育ててくれた乳母が教えてくれました。ですから、アレク様もどうぞ、私に教えてください。半分私が引き受けますから」

まるでアレクセイのしてきたことを全て知っているかのような言葉に息が詰まる。下がったアレクセイの額は、セシリアの手に押し付けられたまま贖罪の形になった。

「……もう、忘れてしまった」

言えるはずがない。この秘密は永遠に明かせない。だから、この先も卑怯な自分は素知らぬ顔で嘘をつき通す。ただし、残る人生全てを使って彼女へ償いを続けよう。

――そのために、傍にいることをどうか許してくれ。

消え去った復讐の念が、後悔となって押し寄せる。本当ならば、セシリアへ謝罪し彼女を解放すべきなのかもしれない。でも、そんなことはできない。狡くて汚い本性が、手放すものかと叫んでいる。資格もない癖に、セシリアを欲しいと主張する。

セシリアは微笑だけで暗い世界を照らしてくれる。その光を空気よりも渇望する男がいるなど、きっと知りもしない。

だが、それでいい。

――秘密は永遠に沈めておく。贖罪は残された時を、セシリアを愛することで埋めてゆこう。自分は永劫の苦しみを担っても構わないから、どうか彼女にだけは幸福を。

己自身が一番近くにいてはいけない人物だと理解していても手放せない。それなら嘘を重ね続ける。

何だかんだと理屈を捏ねても、結局は臆病なだけなのだと本当は分かっている。全てをセシリアに知られて、軽蔑され立ち去られるのが耐えられないだけ。卑怯さを作り笑いで覆い隠し、セシリアのつむじへ口付ける。この醜さはいつか自分を殺すだろう。それでもその瞬間までは――彼女を愛する夫でいられる。

傷つけ謀《たばか》り、これから先も騙し続ける。だが、今後は上っ面だけだった言葉も真実に変えてゆこう。本当の夫婦になるために。

控えめなノックの音と、食事を告げる声が扉の向こうからかかり、リーザが顔を覗かせた。

「お待たせ致しました。食堂へどうぞ」

「ああ、すぐに行く。セシリア」

そっと彼女の手を握り、共に歩き出す。セシリアも和らいだ瞳に幸福を浮かべていた。

アレクセイ様、少しよろしいでしょうか」

セシリアと共に部屋を出ようとしたアレクセイは、リーザに呼び止められた。

「何だ？」

「……できれば、二人でお話をさせていただきたいのですが」

普段控え目な彼女が自発的にアレクセイへ話しかけるのは珍しい。ましてや人払いを望むなどとは。不思議に思いつつ、アレクセイはセシリアに手を振った。

「すまないが、先に行ってくれ」

「……？　はい」

「申し訳ありません、奥様」

慇懃《いんぎん》に頭を下げたリーザは、セシリアの姿が完全に見えなくなるまで、口を閉ざしたままだったが、意を決したようにアレクセイを振り返る。

「——実はこんなものを見つけてしまったのですが」

リーザの手にある二つの品。それを眼にした瞬間、アレクセイは全身の血が凍りつく思いがした。

「……っ！」

「これはご両親の遺書ではありませんか？　それからこの瓶は……」

「リーゼ、何故、それを……！」

「申し訳ありません。触るなと申し付けられていた荷物を、誤って倒してしまったメイドがおりまして……その際に転がり出たのです。勿論、その者にはこれが何なのかは分からなかったはずですし、誰にも洩らしておりません」

あまりの衝撃に、アレクセイの頭の中へはリーザの語る内容の半分も入ってこない。唯一理解できたのは、セシリアの耳にはまだ届いていないだろうということだけだった。

「――アレクセイ様、私ずっと不思議でした。奥様はアンネリーゼ様を不幸にした元凶とも言える方ではありませんか。しかもご実家が没落しかけていたのを、何故わざわざ貴方様が娶《めと》られたのか。……この遺書と小瓶が二つ一緒にあることで、合点がいきました。最近奥様は体調を崩されていますね？　食欲もあまりないようですし、顔色もお悪い。アレクセイ様はまさか――」

「……っ、それは、もう不要な物だ」

リーザの言葉を遮って、アレクセイは遺書と小瓶を奪い返し、そのままチェストへしまい込んだ。

「――リーザ、君は何も見なかった」

「それは……」

「何も、聞くな。あれは私の過ちの象徴だ。間違っていたんだ……だからもう、処分する」

「……気持ちが変わられた、ということでしょうか」

リーザの平板な声音が、僅かに低くなる。やましさから彼女を直視できないアレクセイは、眼を逸らしたまま息を呑んだ。

全て、気づかれている。けれども懸命なメイド頭は主の望まぬことを口にする気はないらしい。それ以上追求はせずに、静かに頭を下げた。

「出過ぎた真似をして、申し訳ありません」

「……いや」

それ以上居た堪れなさに耐えきれず、アレクセイはリーザを残し、セシリアの後を追った。

その後ろ姿を無言で見つめる暗い瞳があることに、アレクセイは気がつかなかった。

翌日は、前日の悪天候が嘘のように晴れ渡った。気まぐれな天気は、何を示唆しているのか。

考えかけて、アレクセイは止めた。

そんなものは無意味だ。大切なのは自分がどうしたのか、それだけなのだから。もう他所に理由を探すのは終わりにする。余計な鎧を剝ぎ取った後に残ったのは、セシリアを失いたくない。その一心だけ。

――今日の外出は、全く別の意味になる。

両親は責めるだろうか。不甲斐ない息子だと失望し、墓の下で嘆くかもしれない。

それでも、決意は変わらない。

あの教会で自分は生まれ変わる。許されるなら、セシリアと共に生きていきたい。

震えそうになる腕に力を込め、アレクセイはセシリアの準備が整うのを待っていた。女の身支度には時間がかかる。これまでは、そんな時間に価値を見出せなかったけれど、セシリアが自分のために装ってくれているのかと思うと、少しも苦痛ではないから不思議だ。

だが、いつまで待っても彼女が現れる気配がない。

「……？」

急かすのも躊躇われ、おとなしく待っていたが、さすがに時間がかかり過ぎている。セシリアの性格上、人を待たせることには抵抗を覚えそうなのに。

奇妙に思い、アレクセイは階段の上へと視線を送った。

「随分遅いな……何かあったのか？」

誰にという訳でもなく呟けば、傍らに立っていたセバスが首を傾げた。

「確かに、お珍しいですね。リーザが張りきっているのでしょうか？」

「リーザ？　セシリアにはジュリアンを付けていたはずだが？」

聞いた名前に不穏なものを感じ、胸の中が僅かにざわめく。

リーザは優秀なメイドだが、セシリアへは厳しい面を持っている。元々の主人であるアンネリーゼを慕うあまり、その不幸の原因を作ったフェルデン子爵を強く恨んでいるからだ。だから可能な限り引き離そうとしていた。今回もこの屋敷に伴うのは最後まで躊躇っていたが、彼女以上に優秀なメイドはいないのも事実。結果、少ない使用人で不便なく過ごすためには、欠かせない人材として連れてきていた。

「それがジュリアンは今朝から体調不良で、代わりにリーザが奥様のお世話をしております」

「……様子を見てくる」

嫌な予感に背中を押され、アレクセイの脚は自然に階段へと向かっていた。

夫婦の寝室は最上階の河に面した日当たりのよい場所で、いつも明るい日差しが差し込んでくる。

それなのに、薄暗い空気が漂っているのはなぜだ。重苦しい静寂が、突き当たりの扉から漏れ出ていた。そここそセシリアがいるはずの部屋。

ノックをしたが反応はなく、セシリアはもちろん、リーザの応答までないことにアレクセイの疑念が募った。

そっと開いた扉の奥は、昼間であるのに奇妙な薄暗さに満ちており、一瞬目が眩む。

「セシリア……？」

呼びかければ、微かに身じろぐ音が室内から聞こえた。どうやら中にはいるらしいと足を踏み入れる。

「どうした？　もう準備はできたかい？　ひょっとして体調が悪いなら……」

「来ないで!!」

鋭い叫びがアレクセイの身体を押し留めたが、彼女の姿は中央のベッドが死角となって捉えられない。それでも声のした方向へ意識を集中させた。

「セシリア？　何かあったのか？」

「……お願い……こっちに来ないで……」

啜り泣きに侵食され、語尾が掠れる。その尋常ではない雰囲気に、制止を無視してアレクセイは歩を進めた。

「いったい、どうし……」

回り込んだ先、窓際にセシリアはいた。自身の両手で肩を抱き、小さく蹲って。

「大丈夫か!?」

何があったのかと駆け寄り、すぐ傍に膝をついたがセシリアは顔を上げてはくれない。それどころか更に深く俯いた。下ろされたままの焦げ茶の髪に隠され表情は全く窺えず、拒絶の意思が伝わってくる。

「こんな所に座っていたら、身体が冷えてしまう。ソファーへ……」

動く気配のないセシリアの腕をとり立たせようとしたが、力の抜けきった彼女にその気配は微塵もなく、くにゃりと弛緩した身体は寄りかかった壁に背を預けきっている。

「触らないで……」

弱々しく、けれどはっきりとした拒否の言葉。垣間見えた彼女の青い唇が震えていた。ほんの数刻前とは打って変わった様子にアレクセイは混乱してしまった。

「どうして……とにかく、移動しよう」

アレクセイは緩慢な抵抗を示すセシリアの膝裏と背中に手を差し込み抱き上げたが、その間にも彼女は身を捩りアレクセイから距離を取ろうと足掻き続けた。

「落ち着きなさい。いったいどうしたと言うんだ？」

正直セシリアの力など大したものではなく、暴れられても簡単に押さえ込める。だが、拒まれているという事実がアレクセイの胸を引き裂いた。その時、固く握り締められた彼女の手に数枚の紙があるのに気づき、その茶色く古びた色に心臓が大きく跳ねた。

「……知って、いました。本当は最初から全部……分かっていたんです。それでも、私は……」

「何を……」

ひとまずソファーに下ろされたセシリアは諦めたのか、再び身体の力を抜いた。漸く大人しくなってくれたことにアレクセイは安堵して、乱れた彼女の髪を搔き上げる。現れた白い面は、涙に泣き濡れていた。

「……っ」

父親の葬儀の時でさえ、毅然と振る舞っていたセシリア。その後も弱いところなど見せることなく、いつだって穏やかに微笑み、人に気ばかり遣っていた。そんな、彼女がこんなふうに泣くなんて――

あまりの衝撃に言葉が出ない。セシリアの零す涙一粒で、これほど動揺している自分がいる。余計な音は消え去り、掻き消えそうな彼女の声にだけ、アレクセイの意識は集中してゆく。

「でも、まさか……そこまで、憎まれていたなんて……」

渇いた笑いがセシリアのものだと気づくには、暫くの時間が必要だった。それほど、普段の彼女からはかけ離れた虚ろな響きが室内に木霊する。

「何を言っている……？」

「でも、悪いのは私だから……仕方ないわ」

嫌な予感が湧き上がり、アレクセイの鼓動が速まった。冷たい汗が額に浮かび、喉が渇いて引き攣れる。

「ごめんなさい……ごめんなさい、アレク様……」

ゆらりと蜻蛉《かげろう》のような儚さでセシリアの目蓋が開かれ、濡れ光る瞳がアレクセイを捉えた。漸く視線が合ったことに安堵したのも束の間、痛々しく彼女の顔が歪む。その手の中でカサカサと音を立てる紙片が急激に禍々しいものへと変わった。

見覚えのある古い紙。所々日に焼けて劣化している。涙に濡れたのを乾かしたせいで撓《たわ》んだ部分が目立ってしまい、インクが掠れている箇所もある。

「……まさか」

そんなはずはない。ここにはあるはずのないものだ。決意を鈍らせないために、確かにこの屋敷へ持ってきてはいた。だが、チェストへとしまい込んでいたため、セシリアの眼に触れる訳もない。

小刻みに震えるセシリアの身体は完全にアレクセイを拒絶していた。腕を突っ張り、少しでも距離を稼ごうと足掻いている。残念ながら引き寄せようとするアレクセイの腕の力が強く、無駄な努力に終わっていたが、何度も繰り返された。

「……忘れてしまっていたわ……あまりに幸せで……そんな権利はないって分かっていたはずなのに」

固く握り締められたセシリアの拳《こぶし》。その端から微かに見えるもう一つのものに、アレクセイは息を呑んだ。それは何度眼にしても忌まわしい、慣れるということのあり得ない代物。死を象徴する『悪魔の涙』。

「どこから、それを……っ!?」

「何かを隠す時には、人の口にも戸を立てた方が良いですよ。悪意はなくても、掃除の折におかしな物を見つけたと報告してくれる者もいますから。彼女は処分するべきかどうか困っていただけなのでしょうけれど」

奪い取ろうと手を伸ばしたが、一瞬早く胸の内に抱え込まれてしまった。

「セシリア、それは危険なものなんだ。だからこちらに……！」

見たところ栓はされたままだったが、乱暴に扱えば中身が零れる可能性がある。

「知っているわ。もう全部、分かっているの。最近身体が重かったのは、これのせいなのでしょう？　アレク様が、私に飲ませていた毒なのでしょう？」

「……‼」

咄嗟のことに取り繕うこともできなかった。凍り付いた表情のまま、至近距離で見つめ合う。やがて彼女が諦念を張り付かせて眼を逸らすまで。

聞きたくない。これ以上聞いてはいけない。本能が逃げをうつが、研ぎ澄まされた聴覚は、セシリアの音を拾った。

「全部読みました。アレク様のご両親が書かれた遺書を。リーザが教えてくれました……」

リーザの名にアレクセイは全てを理解した。

「復讐のために私と結婚したのですか？」

ソファーから立ち上がったセシリアが暗い瞳を向けてくる。交わした会話は、全て漂う霧のように捉えどころがない。次々にこぼれ落ち、詳しい内容は直前のものでさえ反芻《はんすう》が難しい。

「たとえ利用されていても、構わなかった……でも、そんな甘いものではなかったのね……」

「待って、待ってくれ。違うんだ、私は……」

今更何を言えばいいのかも分からないが、紡ぎ続けなければ大切なものを失ってしまう。

必死に手を伸ばし、逃れようとするセシリアを捕まえた。

「貴方に惹かれてしまった私を嘲笑っていらっしゃったのね」

「……確かに、最初は君を憎んだ。復讐のために近づいた。その毒を盛ったことも否定しない……だが……っ!!」

「……終わりに、しましょう？　アレク様」

場違いなほどに落ち着き払った声音がセシリアから吐き出された。

ペンダントの輝く胸元にそっと触れた彼女は、しっかりと顔を上げる。

「さようなら、アレク様」

その言葉の意味をアレクセイが理解するより早く、身を翻したセシリアが窓に向かい駆け出した。反応が遅れたアレクセイは、その無慈悲な光景を見つめるしかできず、呆然と眼を見開く。

全てが、鈍くゆっくりと展開されたように見えた。

開け放たれた窓からセシリアが身を乗り出す。

引き止めようと伸ばしたアレクセイの手は、宙をかいた。

セシリアの身体が外へ投げ出される。その時確かに絡んだ彼女の瞳は、なぜか柔らかな色をして見えた。

「セシリアーッ!!」

窓から見下ろした眼に映ったものは、悪夢以外の何ものでもない。下には前夜まで降り続いた雨のせいで増水した河。あっという間に濁流がセシリアを飲み込み、押し流してゆく。小さな身体など、瞬く間に見えなくなってしまった。

「ぁ……あ、あ……嘘だ……」

なぜ、と疑問符でいっぱいになった頭が前へと傾ぐ。今、自分も飛び降りれば彼女を救うことができるだろうか。アレクセイは窓枠に足をかけた。

「何をしているのですか!!　旦那様!!」

腰の辺りに絡み付いたものが、アレクセイを強引に後方へ引き倒した。完全に無防備となっていた身体は受け身も取れず、強かに床へ叩きつけられる。だが、痛みなど微塵も感じることはできなかった。

「危ないではないですか！　落ちたらどうするおつもりですか!?」

耳元で叫ぶ男の声は慣れ親しんだセバスのものであるのに、酷く耳障りに響き、言われている意味も頭に入らない。

「セバス……？」

「いったいどうしたのですか？　いつまで経ってもお戻りにならないから、様子を見にきてみれば……」

何があったのか、麻痺した頭は答えを見失う。いや、向き合いたくないが故に事実を拒んだ。強い風が室内を横断し、アレクセイの髪を嬲り巻き上げる。揺れる天蓋が長閑に映り、現実感が喪失した。

「奥様はどちらに？」

「セシリア……」

這い蹲って窓に近寄る。驚いたセバスが慌てて止めたが、そんなものは障害にさえならない。すぐに辿り着くと、身を乗り出し下を覗いた。だが、望む姿はどこにもなかった。

「早く彼女を助けなければ……！　誰か、人を集めてくれっ！」

「何を仰っているのですか、旦那様……？　まさか……奥様がそこから落ちたのですか？　でしたらもう……」

「うるさいっ、そんなはずはない！　セシリアは生きている！」

アレクセイは生まれて初めて、感情も露わに粗雑な口をきいた。だがそれを気に留める余裕もなく声を張り上げ人を呼び続ける。無駄な努力だとしても、諦めるなど選択肢にはなかった。

やがてその微かな希望が打ち砕かれるまで、捜索は続けられ、そしてアレクセイは絶望の底へ叩き落とされた。


「旦那様……そんなに飲んだらお身体に障ります」

照明も灯されない闇に沈んだ室内にアルコールの臭いが充満している。澱んだ空気が沈殿する中で、アレクセイは本日何杯目になるのかも分からぬスピリットを呷っていた。

空になった瓶を投げ捨て、次の瓶をこじ開ける。

「これ以上はもう、おやめください」

酒瓶を取り上げようとするセバスを躱し、アレクセイは直接口をつけて飲み下した。高いアルコールが一気に喉を焼き、僅かながら苦しみを和らげてくれる気がする。だがそれは酩酊感がもたらす幻覚だ。醒めればすぐに残酷な現実が待っている。だからこそ、酒を途切れさせる訳にはいかなかった。

「しっかりしてください……貴方らしくありません」

「らしい……？　らしいとは何だ？　目的のためには人の心を捨てきった獣になることか？　愛した人をこの手で殺す男のことか？」

ひび割れた笑い声が木霊する。爛《ただ》れた喉が耐え切れず激しく咳き込むが、構わず酒を呷りまた嗤う。

――人から遠ざかることが自分らしいならば、今正にそうじゃないか。こんなに条件に当て嵌まる男もそうはいない。ああ、なんて滑稽な。

座ってもいられなくなった身体が、ソファーの上でだらしなく弛緩した。もっと酔わなければ、眠れない。仮に夢の世界に逃げ込んでも、そこには悪夢しかないのだけれど、現実よりは幾許《いくばく》かマシだ。なぜならそこではセシリアの気配を感じられる。

生者の世では、跡形もなく消えてしまった彼女が、気まぐれに慈悲をかけてくれることがある。姿を見せてくれるのでも声を聞かせてくれるのでもないが、視界の隅に赤い残像が過る時がある。セシリアが好んだ赤が。

夢の中、動かない脚を引きずって追いかけても、届くはずのない幻。仮に捕らえることに成功しても、所詮は泡沫《うたかた》の夢。それでも、欠片だけでも彼女と繋がっていたかった。

周囲の人間は、皆口を揃えて諦めろとアレクセイに言う。あの日から既に十日は経っており、もしも生きているなら、とっくに名乗り出ていると。

不幸な事故として処理され捜索は継続されていても、それはアレクセイのご機嫌取りであるのは明白で、皆の顔には随分前から諦めが浮かんでいる。それでも、アレクセイは捜索の人手を増やし続けた。

毎日何の痕跡も見つからぬ報告に苛立ち、そして安堵する。

見つかってくれと願う気持ちと残酷な答えを先延ばししたい本音。日々交錯する思いは、次第に後者へ傾いてゆく。それでも、捜索の手を緩めるなどできない相談だ。

「お願いします、旦那様。少しは食べてください。もう何日もお酒しか口にしていないではないですか。このままでは身体を壊してしまいます」

——その時が待ち遠しい。

それが願いだと知ったら、セバスは怒り狂うだろうか。

自殺は罪。犯せば神の園へは行かれない。だから、セシリアも自ら命を絶ったのではないと思い込む。あれは不幸な事故なのだから、そうでなくてはいけないのだと、暗示のように繰り返す。

彼女は生きていると信じながら、後を追う夢想をやめられない己に自嘲する。

もし、今すぐ拳銃で自分の頭を撃ち抜いたらどうだろう？　セシリアの元へ行かれるだろうか。いや、彼女は罪人の堕ちる場所になどいないから、それは無理だ。死は何の安らぎも生んではくれない。それくらいなら生き地獄の中のたうち回りながら、微かな気配を夢の中で探し続けた方がよほどいい。いや、違う。セシリアは死んでなど……

混濁した思考が、いつもの堂々巡りを始める。出口のない迷路の真ん中で、アレクセイは立ち竦みながら喉を嗄らして嗤った。

堕ちてゆく。闇の底に。そこは腐りゆく魂には酷く居心地がよい。柔らかな汚泥と甘い腐臭が全身を支えてくれる。やがて生きる屍と成り果てるまで。

「旦那様……」

水中で聞く音のように全てが不明瞭で遠く、雑音じみた言葉はただ流れてしまう。理解する気も消え失せて、無視したまま大半を零しながら酒を浴びる。

「せめて眠ってください」

――ああ、煩い。何を言っているのか意味が分からない。お願いだから黙っていてくれ。独りにしてくれ。――永遠に。

「――貴方がこんな状態では、使用人たちも落ち着きません。だから、彷徨う女の霊を見たなどという無責任な噂がまことしやかに広がってしまうのですよ……」

「何だって？」

唐突に飛び込んできた単語に反応していた。『彷徨う女の霊』。およそ非科学的な下らない迷信だと思う。そんな馬鹿げたものは信じていない。霊魂の存在を否定する気はないけれど、死ねば行き先は二つしかなく、それは天国か地獄のどちらかだ。魂だけが現世に留まって何かをするなど、妄想でしかない。

「どういう意味だ？　詳しく教えてくれ」

アレクセイはどこにそんな力が残っていたのかと思う俊敏さでセバスの腕を捕らえ、驚き見開かれた彼の瞳を覗き込む。はぐらかすのは許さないと視線の強さで告げ、先を促した。

「……使用人たちが、見たと言っています。真夜中、屋敷から少し離れた崖の淵をフラフラ歩く赤いドレスの女がいたと……」

下世話な見間違いだと言い淀むセバスの腕を解放する。頭の中は名状し難い歓喜に満ち溢れていた。

――セシリアだ。彼女が現れたのだ。

「誰がそれを？」

「もう何人もが噂しています。とり殺されるのではなどと馬鹿げた話をする者も」

セバスの言葉を最後まで聞かず、アレクセイは部屋を飛び出した。背後から彼の制止が聞こえたが、振り切って走り続ける。暫く振りの疾走に、肺も脚も悲鳴を上げた。けれどそんな瑣末なことには頓着せず、ひたすらに駆け続け屋敷を飛び出す。一気に濃くなる緑の香りが、アルコールに冒された肺を苛んだ。

むせ返り、脚を縺れさせせながらも速度を緩める気はない。むしろ久方振りの全力疾走に全身の血が沸き上がり、力が漲っていく。

――セシリアが、そこにいる。

たとえ憎しみ故に縛り付けられ、呪い殺されても本望だった。むしろそれを望んでいる。見知らぬ誰かの前でなく、自分の眼前にこそ姿を表して欲しい。その恨みを受けるべきは、自分なのだから。

それは、セシリアが生きていると信じたい気持ちとは対極にある。だがその矛盾に気づけないほど、アレクセイの精神は均衡を失っていた。

頭の中にあるのは、セシリアに会いたいという願いだけ。それが死者でも生者でも、もはや問題ではない。もう一度、この腕に彼女を抱き締めたい。何もかも投げ打って、許しを請いたい。その欲求だけがアレクセイを走らせていた。

他に民家も街灯もない森の中は月の出ない夜ともなれば真っ暗になる。たとえランプを持っていたとしても、足元さえ模糊としている。まして何も持たず飛び出したアレクセイは、あっという間に闇に包まれた。

「セシリア……姿を見せてくれ……！　恨み言でも構わないから、声を聞かせて……！」

吹き荒《すさ》ぶ強い風が、悪戯に声を掻き消してしまう。叫ぶそばから吹き飛ばされ、むしろ樹々の揺れる音の方が耳につく。

女が目撃されたというのはいったいどこだ。辺りを見回しても、それらしい場所は見当たらない。屋敷から少し離れていると言っていたから、もっと下流の方かもしれない。よろよろと覚束ない脚で周囲を歩き、視界を遮る木や岩があれば、その裏側も丹念に探した。動くものの気配を感じれば、間近まで近寄って確認する。そしてその度に落胆を禁じ得ない。

人の形に見えたものはただの揺れる枝で、声に聞こえたものは水の音に過ぎなかった。

――いない。どこにも。

あるのは闇に沈んだ寒々しい光景だけだ。セシリアに通じる何かは、一つも見つからない。

「なぜだ……？　他人の前には姿を見せたんだろう？　どうして私の前には来てくれない？　恨んでいるのは私だろう！　憎くて仕方ないに決まっている。それを晴らしたいとは思わないのか！」

いっそ呪ってくれ。怨嗟《えんさ》を撒き散らして構わない。

だから、どうか――

「もう一度だけ……会わせてくれ……」

その後ならば、どんな惨たらしい死を自分が迎えても、黙って受け入れる。セシリアが与えてくれるならば、永劫の苦しみも喜んで享受しよう。

祈りを込めて何度も名を呼んだ。風と水音に負けぬよう、声の限り叫び続けた。やがて掠れた呻きしか出せなくなり、追ってきたセバスに縋り付いて止められるまで。

「もう、お願いですから、おやめください、旦那様。奥様はもう……！」

「嘘だ……信じない。絶対に信じない！」

そう言いながらも、眼は『赤いドレスの女』を探し求める。何が現実で、何を求めているのか、もはや自分でも分からなかった。

理解できたのは、セシリアがここにはいないということ。生きていても死んでしまっても、アレクセイには会いたくないと切り捨てられたこと。

「……は、ははは……あはははッ」

泣くことは許されない。そんな権利は自分にはない。セシリアの不在を嘆く権利も後を追う資格も、何一つ持ち合わせてはいないのだから。

「ははは……っは、は……、……して、くれ……」

「旦那様……？」

「頼む……もう、死なせてくれ……」

息を呑む男の声は、今一番聞きたい人のものじゃない。揺さ振られる身体は抵抗する気力もなく、されるがまま前後に揺れる。

――私のせいで彼女は消えた。その手で、憎しみで、彼女を殺した。

頭を抱え、萎えた脚から力が抜ける。支えきれなくなった身体が傾いで、その場に膝と手をついた。

硬い小石が手の平に食い込み皮膚を裂いたが、一片も気持ちは動かない。流れる赤い血へ釘付けになっただけ。

——セシリアの色だ。彼女が好きだった赤。情熱を秘めた炎の象徴。

ポタリと地面に落ちる鉄の匂いで吐きそうになる。生きていると主張する浅ましさに嫌気が差し、強く眼を閉じた。

このまま、生きながら死んでゆくのだと理解した。息をする度、胸が鼓動を刻む度、少しずつ弱るのだろう。だが、待ち切れない。それでは遅い。アレクセイはもっと積極的な死を望んだ。

縋り付くセバスを引きずりながら、崖の淵へ近付いてゆく。あともう少し脚を踏み出せば、真っ逆さまに落ちる。身体は河に飲み込まれ、きっとセシリアと同じ場所に流れ着く。魂は寄り添えなくても、せめて亡骸だけでもその隣に。甘美な妄想に支配され、ゆっくり身体は傾いだ。

「誰か……！　旦那様を止めてくれっ!!」

セバスに羽交い締めにされ、アレクセイはそのまま地面に転がった。

「離せ！」

振り解こうにも碌に食べてもいない身体では、容易に押さえ込まれてしまう。

「冷静になってくださいませ、旦那様。こちらに見覚えはありませんか？」

暴れ続けるアレクセイを宥めつつ息を乱したセバスが眼前へ差し出したものを見て、虚ろだったアレクセイの瞳に光が宿った。

それは、セシリアと共に行方不明となったルビーのペンダントだった。ほとんど傷もつかずに、贈った時と同じ輝きを放つ赤い石が静謐な輝きで見返してくる。

「これは……」

「全くの偶然なのですが、これを創らせた宝石商が売りに出されているのを見つけたと連絡をくれたのです。特別なものだと聞いていたのに、手放すなど不自然だと。どうやら盗難を疑っていたようですがね」

「セシリアの、ものだ」

　裏側に彫らせた刻印がそれを証明している。震える手の中でもはっきりと見て取れた。

「ああ、やはり。本当はもう少し落ち着かれてからお話ししようと思っていたのですが……旦那様、このペンダントはこれまでに捜索した河下ではなく、別の支流の先で拾われ売りに出されたそうです。もしかしたら、セシリア様も同じ方向に流された可能性はありませんか……？」

「……………！」

　一筋の光明が見えた気がした。それはただの妄執に過ぎないのかもしれない。ありもしない奇跡に飛び付きたいだけ。それでも、一度閃いた可能性はアレクセイの全身を支配し、もうそれ以外には考えられなくなってしまう。

「すぐに人を遣れ……いや、私が行く！」

　もしも彼女へ辿り着けたら、もう決して離さない。

　何を投げ出しても、今度こそ永遠に。

9. 果てにあるもの

窓から投げ出された空中で、セシリアはかつての感覚を思い出していた。

浮遊感に慄いたのは一瞬で、身体は壮絶な速さで落ちてゆく。先ほどまで立っていた部屋の窓がどんどん遠ざかり、耳元を風が切り裂く。

全て、同じ。後は水面へ叩きつけられるのを待つばかり。あの時と違うのは、一人ではないということ。

「……っ!!」

きちんと声が出たかどうかは自信がない。ただ、視線が絡まり合う。

強い光を宿したアレクセイの眼は、セシリアだけを捉えていた。逆さまになったまままきつく抱き締められ、彼の香りが鼻腔を満たす。

落ちるのは、自分だけだったはず。それなのに今セシリアはアレクセイと共に真っ逆さまに落下していた。

刹那は永遠にも引き伸ばされ、名状し難い感情が溢れ出てくる。同時に、様々な過去がセシリアの中で思い起こされた。

初めてアレクセイを眼にした夜会のこと。

孤児院での一方的な再会。

秘かに楽しみにしていた姿を追える日々。

結婚を申し込まれた喜びと、虚しさも突きつけられたその後の生活。それでも、変えられなかった愛しい気持ち。

そして殺意を覚えるほどに憎まれていたと知ったときの絶望。

今なら分かる。自分はその一点を消したいがために、記憶を失くしたのだろう。偽りの上に成り立った関係であっても、セシリアが彼を愛したのは真実だから。

その証拠に、また同じだけアレクセイを想ってしまった。いや、むしろもっと深く。

後頭部を一際強くアレクセイに抱え込まれた次の瞬間、セシリアは水中へ呑み込まれた。

河の水は大層冷たく容赦なく肌を刺す。想像以上の流れが身体を苛み、大きく開いてしまった口からは大量の水が入って、呼吸は奪われる。

その瞬間、セシリアは恐慌に襲われた。

まざまざと蘇る、あの日の恐怖。雨で増水した河に揉みくちゃにされ、容赦なく鼻や口から水が入り込み、息苦しくて堪らなかったことは魂に刻み込まれ、今尚癒されてはいない。

「……っ!!」

可能ならば、絶叫を上げていただろう。セシリアは肺に残った僅かな空気も吐き出して、めちゃくちゃに手脚を動かした。生きようという意思からでは当然ない。逃げ出したい本能から、アレクセイの腕を拒んだ。けれど彼の手は少しも緩まなかった。

濁流の中で上も下も分からないまま流される。痺れ始めたセシリアの指先が何かを引っ掻いたが、それが人の頬だと気づくには、随分な時が必要だったと思う。

強引に顎を取られ、アレクセイに視線を捕らえられた。透明とは言い難い流れの中で、セシリアは眼を見張る。すぐ傍に誰より愛しい人の顔があり、その左頬には、おそらく自分が付けてしまった赤い傷跡が並んでいた。

「ん……」

動いた彼の唇が何を意味していたのか考えるよりも先に、交わされた口づけ。驚きに動きを止めれば一気に空気が流し込まれ、空になっていたセシリアの肺は大喜びでそれを受け取る。

合わさった互いの唇のすき間からゴボゴボと泡が水面へと上ってゆく。その一つ一つがアレクセイから分け与えられたものだと気がつき、セシリアは震撼した。このままでは彼もまた、溺れてしまう。

離れようと突っぱねた手は腰を引き寄せる強さに潰され、お互いの距離は皆無となり、一つの塊となって流され続ける。失われてゆく体温があらゆる動きを鈍らせて、思考さえも曖昧に霞んでしまった。

再び息が苦しくなるのも時間の問題だと理解していても、なす術はなかった。

――もう……

水を吸ってすっかり重たくなってしまったドレスが張り付いて、最早自力ではどうにもならない。けれども諦めかけたセシリアの身体が、唐突に浮上し始めた。

――?

アレクセイが片腕でセシリアを抱いたまま水を掻き、その力強い動きにより、身体が流れに抗い浮き上がる。愕然としている内に水面近くの水の抵抗が一際強くなったが、ものともせずにアレクセイは泳ぎ続けた。

「……ッ、げほっ、げぇっ」

ぐいっと、最後は押し上げられるようにして二人の顔だけが水面へ飛び出す。意思とは無関係に本能が外気を貪欲に取り込んで、セシリアは何度も喘いだ。苦しくて涙も唾液も止まらない。

その間も、アレクセイはセシリアを支え続けてくれた。彼も大きく息を乱してはいたが、セシリアほどではなく必死に態勢を保とうとしてくれている。背中を撫でる手が妙に優しくて、思わず縋り付きたくなる腕を窘めるのにセシリアの涙腺は緩んだ。

「……大丈夫だ。必ず、助ける」

「ど……し、て……」

「セシリアを喪うくらいなら、死んだ方がずっといい」

迷いのないアレクセイの瞳に射貫かれて、セシリアはかつて一人身を投げた時の気持ちを追体験した。

あの時、消えゆく命の焔の奥で一つの喜びを噛み締めていたのをまざまざと思い出す。

――これで、彼に罪を犯させずに済む。

確かにそれだけが願いだった。何も与えてあげることは叶わないから。まして共に生きることも出来ないなら、してあげられるのはもう眼の前から消えてあげることのみだと。

それでも非情になり切れない彼は、憎い女の死にさえ苦しむのかもしれない。でもどうか罪悪感など抱きませんようにと願いながらルビーのペンダントを握り締めた過去の自分。

――もしも、許されるなら忘れないで。憎悪でもいい。数年に一度、そんな馬鹿な女がいたと思い出してくれるだけで構わない。

だからどうか――心の片隅に住み着くことを許して欲しい。

どうか、貴方の今後の人生が幸せでありますように。そこに私が存在しなくとも、永遠に願っている――

切なくも愚かしい恋情は、全てを知って尚、死に絶えない。今も変わらずこの胸に巣食っている。だからこそ、アレクセイを道連れになどしたくはなかった。

「……離してください……っ!!」

再び暴れ出したセシリアをアレクセイが抱き寄せる。振り解こうと身を捩った時、彼の背後から迫る流木が見えた。

「つあ――」

セシリアの悲鳴に気がついたアレクセイが後方を振り返る。彼一人ならば、避けられたかもしれない。溺れたセシリアを抱えて泳げるほどに達者な彼ならば。けれど表情を強張らせたアレクセイは、そのままセシリアを胸に庇い背を向けた。

「――――っ!!」

ドンッと重い衝撃が伝わり、セシリアの意識は飛びかかった。それでも僅かに水中へ沈んだだけで、アレクセイはすぐにセシリアの呼吸を確保する。けれども、ほんの少し緩んだ彼の腕に不安を覚え、必死に頭を振って彼を仰ぎ見た。

「……大丈夫」

眉間に皺の寄ったままのアレクセイの笑顔は闇の中でも顔色の悪さが顕著で、微かに唇が震えている。無意識に彼の背へ回したセシリアの手は、水とは違う生温かい滑りを確かに感じた。

「……っ」

表情を歪ませたアレクセイが漏らした苦痛の声が、全てを物語っている。

「アレク様……!!」

「……まだ、愛称で呼んでくれるんだね」

こんな時なのに微笑む彼は嬉しそうに見え、痛々しい笑みに心抉られてセシリアは両手を握り締めた。

「セシリアだけは……絶対に助ける」

「そんなこと……望んでいません！」

がぼがぼと浮き沈みを繰り返しながらも、アレクセイはセシリアを連れ岸を目指す。彼の邪魔をしたくなくて暴れるのはやめたけれど、セシリアは生にしがみつくつもりなど、毛頭なかった。アレクセイが一人助かるならば、それで構わないと本気で思っている。

「私は……もう……」

「……だったら、一緒に死のうか？」

「……!?」

冗談とは到底思えない真剣さが月明かりに照らされていた。黒曜石の瞳が濡れて光っている。吸い込まれる色から眼が離せずセシリアは息を飲んだ。

「……嘘だよ」

――きっと、それこそが偽りだ。

もしもセシリアが強情に生を放棄すれば、アレクセイは躊躇いなく死を選ぶ。そんな確信が胸を突き抜ける。

力の抜けきったセシリアを改めて抱き締めたアレクセイは、どうにか岸辺へと泳ぎ着いた。そこは水際まで草木が繁り、浅瀬になっているのか流れも緩い。

「セシリア……そこへ摑まって」

冷えきった身体はなかなか言うことをきかず、垂れ下がる蔓を何度も摑んでは滑ってしまう。それでも何とか水中から脱した際には、お互い体力の全てを使いきって脱力していた。

「セシリア……怪我は？」

「私よりも、アレク様は……!?」

問題ないと彼は告げたが、そんなはずがないのは分かっている。セシリアが引っ掻いてしまった頬の傷からも赤い血が流れていたし、それならば背中の傷はもっと大変なことになっているに決まっていた。

「そんなことよりも早く屋敷に戻ろう。濡れたままでは身体によくない」

「そんなことって……」

先に立ち上がったアレクセイに引き起こされ、セシリアはよろめいたが、逆に抱き止めたアレクセイの身体が傾いだ。

「！」

ゆっくり倒れる彼の身体。受け止めようとしたセシリアもろとも地面に倒れ伏す。

「アレク様！」

冷えきったセシリアとは対照的に燃えるように熱くなったアレクセイが肩で息をしていた。それが瞬く間に弱々しいものへと変わってゆく。背中の服が破れ、夜目にも明白なほど色が変わっている。更には鉄錆の臭いが濃厚に鼻をつき、セシリアは自分の両手を染める赤黒い何かを呆然と見つめた。

「……くっ……」

聞いたことのないアレクセイの低い呻きで、セシリアは漸く事態の深刻さを理解した。

「いや……アレク様！」

「……今度こそ……セシリアを助けられた……」

どうにか彼の体下から抜け出したセシリアが呼びかければ、満足気な呟きの後、アレクセイは意識を手離した。

冷たい水に浸した布を固く絞る。エリザは自分がやるので休んでくれとセシリアに何度も言ったが、譲らずアレクセイの枕元に座り込んで三日が過ぎた。

あの夜、大怪我を負って気を失ったアレクセイを助けるため、セシリアはずぶ濡れで屋敷まで走った。疲弊した身体には辛く、幾度も転び泥だらけになりながら。朝早くから起床していたエリザとセバスに全てを告げた後は、疲労と安堵からセシリアも意識を失ってしまった。

そして今日もまだ、彼は目覚めない。背中の傷は、骨までは達していなかったけれど、肉を抉り決して軽いものではなく、そのせいで高熱が出て予断を許さない状態が続いている。

「奥様……お食事は本日もこちらにお運びしますか？」

「ええ、お願い。ごめんなさいね」

心配するエリザに微笑む余裕もないほど、セシリアはアレクセイだけを見つめている。食欲はないが、自分が倒れる訳にはいかない。

濡らした布で、うつ伏せになり顔を横に向けたアレクセイの額を拭い、口移しで水を飲ませる。大部分が零れ落ちてしまったけれど、微かに彼の喉が上下したのを確認して、セシリアは安堵の息を漏らした。

――私は何をしているのだろう？

彼をどう思っているのか、正直よく分からない。憎いのか許せないのか、それさえ曖昧だ。ただ、死んで欲しくはない。だからこそ、今こうして寝る間も惜しんで看病している。アレクセイの容体は当初よりは安定し、青白くやつれていても苦痛には歪んでいないことがまだ救いだった。

彼の頬に残る赤い筋をひと撫でし、セシリアは僅かに肩の力を抜く。その途端、この数日間の寝不足と疲れが一気に襲ってきた。

考えなければならない問題は数えきれないほどある。それらを『アレクセイの出血が止まるまで』『熱が下がるまで』『眼を覚ますまで』と先延ばしにし今日まで過ぎてしまった。実際その時がくれば、自分はどう行動するのだろう？

怒りをぶつけるのか。罪悪感から許すのか。それとも――

少しだけ、とアレクセイの眠るベッドの傍に腕を突きそこへ頭を埋める。眼を閉じれば、すぐに眠気に支配され、セシリアは久し振りに夢の世界へと引き込まれて行った。

そんな半ば眠りに落ちかけていたセシリアを辛うじて繋ぎ止めたのは、繰り返される懺悔の声。「すまない。許してくれ」と幾度も囁き何かが触れる。

——何をそんなに嘆いているの？

聞いているだけで泣きたくなるほど悲しくて堪らない。そんな謝罪を望んだのでは決してない。それ位ならば、いっそ忘れてくれて構わないのに。——愛しているから。

——愛している？　誰を？

さざめく水の気配から逃げ出すために、セシリアは夢の中で歩き出す。

——追ってこないで。どうかそっとしておいて。

いつから草原に立っていたのか、踏み締める草花から青い匂いが立ち上り、遠くの空が茜色に変わるのをぼんやりと見上げる。

セシリアは取り巻く世界の変化に戸惑っていた。先ほどまで広がっていた明るい青空を今は夕暮れが覆い尽くそうと忍び寄っている。

——私、あれをどこかで見たことがあるわ……

懐かしくて愛おしくて、胸が痛い。

人の脚では到底日暮れから逃げられるはずもなく、セシリアも沈む夕陽に赤く染められてゆく。

『ここは星も絶景なんだ。次回は……君とそれを見てみたい……』

ああ、そうだ。約束をした。唐突に思い出した言葉が心に浸透してゆく。あの時と同じ声が血を吐くような謝罪を繰り返している。

「許さなくてもいい……だから一生をかけ償わせてくれ……お願いだから、傍にいさせて」

その声はとても耳に心地よい。それだけで、望みを叶えてやりたくなってしまう。

――こんなに苦しんでいるのだもの。誰か救ってあげればいいのに……

手の甲に熱い雫が落ちてくる。次から次にそれは留まることなくセシリアを濡らした。

――どうして……

痛い。苦しい。悲しい。――恋しい。

抱き締め、頭を撫でて泣き止んでと伝えてあげたい。

そんな想いが破裂しそうなまでに膨らみきる。声に引かれたセシリアが重い目蓋を押し上げて、最初に眼にしたのは泣き顔の男性だった。

こんな風に涙を流す男の人を見たのは、初めてかもしれない。――いや、以前にも眼にしたことはある。人目も気にせず、滂沱《ぼうだ》の涙を流す彼を。

「アレク様……」

「セシリア」

右手が妙に温かくて眼をやれば、大きなアレクセイの手に硬く握り締められているのが分かった。横たわったままの彼が、逃すまいとでも言うように指を絡めている。

「……目が覚めて、一番最初に君がいてくれたから、夢かと思った」

「……」

掠れた声が胸に痛い。返すべき言葉も思いつかず、セシリアは睫毛を伏せた。

「今、お医者様を呼びますね」

握られた手をやんわり解こうとすると、切実な強さで引き止められる。

「必要ない。それに……この手を離せば、セシリアが消えてしまう気がする」

それは否定できなかった。実際、何度も考えた可能性だ。アレクセイが眠っているうちに消えてしまおうとした回数は一度や二度ではない。セシリアを引き止めたのは、彼の怪我と最後に聞いた言葉のせいだ。

『……今度こそ……セシリアを助けられた』

今度こそ、ということは彼は以前も救ってくれようとしていたのだろうか。

――どうしてそこまで……

間違いなく、セシリアを庇ったからこそ負った傷。憎んで、死を願うほどに疎まれていたはずなのに。アレクセイが命懸けで救ってくれたものを、安易に投げ出すなど最早できなかった。

「……何もかも、思い出したんだね？」

セシリアが緩く頷けば、アレクセイの手に力が篭る。本当はもう一度忘れられれば楽だった。けれど、奇跡は二度は起こらない。

「私……」

「行くな。どこにも行かないでくれ」

被せられる懇願がセシリアの胸を揺さぶる。それでも簡単に頷くことも無理やり手を振り払うこともできなかった。

「……もう、休まれた方がいいです。それとも、何か食べられますか？」

「君がどこにも行かないと、誓ってくれるなら」

そろりと身を起こしたアレクセイが苦痛に呻く。セシリアは背中の傷に触れないよう気をつけながら彼を支え起こした。

「ありがとう。セシリア」

「いいえ……お身体、辛くはないですか？」

「大丈夫だ。――君は、こんな私でも心配してくれるんだな」

苦笑と共にアレクセイがセシリアを見つめる。その瞳の奥にセシリアが惹かれた優しさや熱が確かに存在するのを見つけ、ますます言うべき言葉は失われた。

「……憎んで、恨んでも構わない……だから、償う機会を与えてくれ」

「……なぜ、私を探したりなさったのですか……」

再び出会わなければ、お互い平穏を得られたのに。その存在さえ知らず、全く別の道を歩めたはずだ。しかし結局事態は最悪な結末を迎え、それでも尚、罪深いこの身は生きている。アレクセイに大怪我を負わせてまで。

「貴方の真意が分かりません。捨て置いてくだされればこんなことにはならずに済んだのではないですか」

　今更言っても仕方ないけれど、アレクセイの行動は酷い矛盾を孕んでいるように思えてならない。

「……っ、セシリア。どんな恨み言も憎しみもぶつけてくれ。君にはその権利があるから」

「それは貴方の方でしょう？　言ってくれて、いいのですよ。死ね、と」

「違う!!」

　悲鳴に近い声が鼓膜を揺らした。刹那、耳鳴りがするほどの声量に身を竦める。

「確かに最初は……それについては弁解の余地もない。だが、今は違う。セシリア、君という人を知って凍り付いていた心が溶かされたんだ。誰かを愛して大切にするということを、君は思い出させてくれた」

　痛いほどの力で手を握られ、アレクセイの声が、瞳が、言葉以上の後悔を告げてきた。

　震えそうになる心を押し殺し、セシリアは眼を瞑る。

「今更……私たちの間にある溝は深過ぎるわ」

　断ち切られた想いが、行き場をなくして死んでゆく。砕けた欠片は、いくら拾い集めても所詮壊れものだった。もう、元の形には戻れない。純粋に彼を愛せていたあの頃には。知ってしまった真実は、あまりに醜く存在感があり過ぎる。

「……別れてください。きっと、それが一番いい」

「……っ！」

仮にアレクセイの言葉が本心だとして、それで全てをなかったことになど到底できない。優しい彼は自分の行為に苛まれるに決まっている。両親を死に追いやった男の娘を傍らに置いて、苦しまないはずはない。その容易に思い浮かぶ未来は、誰一人幸せにはしないだろう。それなら、離れた方がずっといい。――愛しているから。

迷いなく、そう断言できる。全て忘れてしまった時でさえ消しきれなかった想いは、きっとこの先もなくなりはしない。だからこそ、苦しい。共に生きるには、過去が重くのし掛かる。

「嫌、だ。そんなことは了承できない」

「爵位はもう貴方のものですよ」

「そんなもの、どうでもいい！」

態勢を崩したアレクセイの上半身が倒れこみそうになり、セシリアは慌てて彼を抱き止めた。身体を離すよりも早く彼の両手がセシリアの腰と背中へ回される。

「それが欲しかったのではないですか？」

セシリアは声が震えないようにするのが精いっぱいで、アレクセイの表情にまで気を回す余裕はなかった。だから、彼がセシリアの首筋に顔を埋め、低く呻いて「違う」と繰り返すまで、本当にアレクセイにとって自分の価値などそんなものだと信じていたのだ。別の可能性など、思い描くことすらなかった。

時に仕草や瞳は、言葉よりも雄弁だ。全身で縋り付くアレクセイから分け与えられた熱で、セシリアの冷えた身体にも熱が巡る。

「君を愛しているんだ……」

「――もし、あの時……私が記憶を失っていなければどうするつもりだったのですか？」

万が一そうなら、簡単にはこの屋敷に戻りはしなかったに違いない。きっとハンスとセルマから離れはしなかった。

「……その時は、きっと無理やりにでも連れ去ったかもしれない。権力を振りかざし、婚姻の事実を盾にしてね。セシリアがいない残りの人生を生きるくらいなら、憎しみの対象としてでも傍にいたかった」

「狡い人……」

「卑怯になってセシリアが手に入るなら、いくらでも誇りなど捨てられる」

狂気を孕んだ告白に背筋が震える。けれどそれは、別の慄きが理由でもある。

――嬉しいと、そう思う私はどこまでも愚かだわ。

裏切られても、こんな目に合っても、消せない情がある。何度やり直す機会があったとしても、きっと同じ誤ちを繰り返すのだろう。

――拒み、逃げても結局また愛してしまう。でも、その度に想いは引き裂かれる。

「別れない。絶対に。もしもどうしてもそんな選択をすると言うのならば、君を殺して一緒に死ぬよ。今度こそ、本当に」

剝き出しの殺意が肌を刺した。けれど以前向けられていたものとは全く違う。なぜならそれは、憎しみからの発露ではなく愛情故に生まれたものだ。だから、セシリアは淡く微笑んだ。

「そうしたら……隣にいられますか」

「ああ……ずっと」

絡め合わせた指に力が籠もる。離れまいと組み合わされた手に、意識は向かった。沈黙の中、傍にある互いの気配だけを探り合い、どちらかが言葉を発するのを待つ。きっと何かのきっかけさえあれば、二人迷わず同じ道を突き進む。それが正しいかどうかなど、問題ではない。復讐する者とされる者、それが共に生きるなど最初から無理があったのだ。

でも――

「……駄目です。償いたいと言うのなら、貴方は生きてください」

「君を失っては生きられない！」

「……私たちは、離れるのが正しいと思います。一緒に生きるのは、難しい……お互いの幸せのために別の道を歩きましょう」

同じ未来を描けないことの虚しさが胸をつき、視界が滲んだ。大切だからこそ、この手は解放しなければならない。それなのに、現実には指は絡んだまま強く互いを求めている。

「君は馬鹿だ……憎しみをぶつけるならばともかく、なぜ私の幸せなど願う？」

「……愛しているからに決まっているではありませんか」

残酷な人。ずっと告げられなかった言葉を、最後の最後で強引に引き出すなんて。できるなら、永遠に沈めておきたかったのに。

「……その想いを、踏み躙《にじ》ったのが私なんだね……」

「……」

その通りとも違うとも言えず、セシリアは黙り込む。砕かれた想いは死に絶えてはいないが、それでも何事もなかった時とは変化してしまっている。愛情と疑心の狭間で引き裂かれ続けるのは、考えるよりもずっと苦しい。

「もう一度、取り戻す機会を貰えないだろうか」

「勝手過ぎるわ……」

「そうだよ。でも今この手を離せば、私は今度こそ後悔で溺れ死ぬ。もう、嘘はつかない。自分を偽ることもしたくない。本当に欲しい大切なものを守ることだけ考えたい。だから、どうかお願いだ……セシリア」

アレクセイの震える吐息が頬に掛かり、距離が縮まる。鼻が付きそうなほど寄せ合った顔には、互いに色濃い疲労が窺えた。

「今は本当にそう思ってくださっても、いずれ悔やむようになります。貴方は優しい人だから、ご自分の行為に苦しむことになるでしょう。後悔されているなら尚更です。私が傍にいては、過去を忘れることさえできない。……私も、傍にいるのが辛い。信じきれないんです。貴方がいつかまた、私を殺したいほど憎むのではないかと……っ！」

「もう同じ過ちは犯さない！　どんな謗りも受け入れる。何を投げ打っても構わない。でも、別れることだけは……！」

痛みを感じるほどの抱擁は、アレクセイにも負担を強いているだろう。彼の身体を案じて、セシリアは身を捩って逃れようとした。けれど、別の意味にとったらしいアレクセイは、更に顔を埋めて縋り付く。

「駄目だ……！　どれだけ嫌がっても君を逃がさない……！」

「私を惑わせないでください……忘れるなんて不可能です。この先、ふとした瞬間に思い出して苦しむのは明白です。いずれは互いを疎むことになってしまうかもしれない。私はアレク様を憎みたくない……！」

「だったら、このまま傍にいてくれ。セシリアが共に生きてくれることだけが私の願いだ。その先で恨んで、憎んでくれて構わない。君が与えてくれるなら、それさえも喜びだから」

アレクセイの真摯な瞳が涙の膜に覆われている。一層艶やかな黒の色彩にセシリアは眼を奪われた。

「アレク様は……本当に泣き虫なのですね」

「心外だな。これでも、幼い頃以外は涙など流すことはなかったんだ。……君に関してだけ、私の涙腺は決壊する」

「……私が関わることにだけ……？」

それは何て魅惑的な言葉だろう。誇り高い彼が、自分のためにだけ乱れ、弱い部分を曝け出してくれる。その『特別』は使い古された愛の慣用句よりも、セシリアの胸を打った。

「私の感情を支配するのはセシリアだ。幸福も不幸も与えてくれるのは君だけ。その眼差し一つ微笑み一つで暗い水底にも光が指す。だから……失えば生きる意味は、ない」

「……そんな風に言われては、拒めないではありませんか」

「拒まないで」

吐息が唇を擽る。擬似的な口付けは、甘く気持ちを掻き乱す。愛しさに突き動かされて、セシリアはアレクセイの肩に腕を回した。

「……離さなくても、許されるのでしょうか」

過去は何も変えられない。残酷なまでに、積み重なる。それでも、いつかは糧として前へ進む原動力に変えられるだろうか。どれだけ苦しくとも、並んで生きて乗り越えたい。

――そう、望んでも許されるだろうか。

「どこにも行かないと、誓って。どんな感情でもいいから、君の隣を歩ませて欲しい。永遠に、償い続けるから」

傷を舐め合うような関係だと思った。ある意味では不毛としか言いようがない。それでも――離したくない。

「……私は貴方のご両親を死に追いやり、お姉さまを不幸にする原因を作った男の娘です。世間的に見ても、祝福されるもようなものではないでしょう」

「そんなもの、いらない。ただ一つしか選べないなら、私は君の手を取る。それで地獄に堕ちても構わない」

抱き合ったまま互いの罪深さを嘆いた。それでも、誤魔化しようもなく幸せでしかない。憎しみも過去も全て押し流され、その果てに残ったものは、ただ一つの感情。

「私、アレク様を愛しています……」

エリザが食事を運んでくるまで、二人とも決して離れようとはしなかった。

終章

満天の星空の下、ランプの光さえ霞むほどに月が眩しい。白い小石が月光を反射して、道を浮かび上がらせていた。

「地面にも、星があるみたい……」

セシリアは幻想的な風景に感嘆の息を漏らした。

薄汚れていた壁は淡く発光するように、周囲の闇から切り取られている。

「やっと、約束を果たせた」

アレクセイとセシリアは二人きりで夜の朽ちた教会の前に佇んでいた。虫の声と葉擦れの音が、四方から響く。けれど、耳が拾うのは、互いの言葉だけだった。

空を見上げれば、数え切れない光の粒が瞬いている。密集し帯のようになった星々には、どんな形容でも言い表せない美しさがある。

「あんな河なら、泳いでみたいわ」

天上に伸ばしたセシリアの手は、アレクセイに握られた。

「……駄目だ。行かせない」

「そんな意味ではありませんよ？」

すっかり心配症の夫は、未だにセシリアが消えてしまうのを恐れている。仕事中以外で、ほんの少し視界から消えただけでも大騒ぎになるほど。

すっかり怪我の癒えた彼が最初にしたのは、セシリアへ跪いて許しを請うことだった。やめて欲しいと懇願しても中々頭をあげてはくれず、困り果てたのはまだ記憶に新しい。

療養と称してアレクセイがこの屋敷に滞在する間、二人は何度も話し合った。これまでの対話不足を補うため、それこそ昼夜も問わずに。その過程で王都にある本邸の使用人はセバス以外が一新されているのをセシリアは知った。もちろん、リーザも。彼女はセシリアが行方不明になった直後、解雇されていたらしい。それでもまだ、あの屋敷へ帰る踏ん切りがつかず、セシリアはこちらに残っている。アレクセイもそれで全く構わないと言ってくれているが、甘えている状況にはそろそろ区切りをつけなければと思い始めていた。

今日は王都で溜まった仕事を片付けたアレクセイが久し振りに戻ってきている。

「脚元に気を付けて」

摑まれた指先に温かな唇が落とされる。アレクセイの艶《なまめ》かしい赤い舌で悪戯に擽られ、セシリアの膝から力が抜けた。

「座ろうか？　本当は寝そべって見上げるのが最高なんだ」

「服が汚れてしまいますよ」

地べたに直接腰を下ろすなどとんでもないと首を振れば、アレクセイは脱いだ上着を手際よく下へ敷いてくれた。そこは廃墟となった教会の入口にあたり、まだ辛うじて土台が生きている。所々腐食が進んではいたが、まだ平らで一段高い形になっているため座り易くはあった。

「どうぞ？」

「でも……」

人の服を踏み付けるような真似はできず、セシリアが躊躇っていると、強引に手を引かれ座らせられてしまう。それも後ろから抱え込まれ、アレクセイの脚の間に収まる形で。

気障《きざ》な仕草は、おそらくわざとだ。セシリアが赤面するのを見て、反応を楽しんでいるとしか思えない。

分かっていても背中へ感じる体温で馬鹿正直に羞恥が募り、立ち上がろうにも腹の前で組み合わされたアレクセイの腕が許してくれない。

「ア、アレク様……っ、」

「大丈夫、こんな時間だ。誰も見てないよ」

「でも……！」

「それより上を見て。ほら一際輝くあの星。凄いと思わないかい？」

後ろから聞こえる声が近過ぎて、妙に気恥ずかしい。セシリアが真っ赤になって震えていると、生暖かく柔らかな何かが耳殻を這った。

「……ひゃ……っ⁉」

耳を舐められていると気づくには僅かな時間が必要で、理解した後は更に身体が熱くなる。直接響く水音が淫らさを強調し、不埒なアレクセイの手がセシリアの胸に置かれたのも誤魔化してしまう。

「アレク様……っ、戯《たわむ》れが過ぎます……！」

いくら夜の帷が覆い隠してくれていても、ここは屋外だ。それも元とは言え、神聖な場所のはず。淫猥な行為に耽っていい所ではない。

「可愛い、セシリア」

だが一向にやめるつもりのないアレクセイは、大胆にセシリアの首筋へ痕を残した。

「……!?　そんな所、服で隠せませんっ」

気温の高い最近では、襟のつまったドレスは辛い。そもそも着替えを手伝ってくれるエリザに見つかってしまう。

「エリザは優秀だから、見て見ぬ振りは得意だよ。それにむしろ喜ぶだろう。主夫婦が仲睦まじければね」

反省の欠片もないアレクセイは、再びセシリアの肌へ唇を寄せた。

「嫌、駄目ですっ……」

弱々しい静止は簡単にいなされ、いつの間にか、アレクセイの腕の中で向かい合う形に変わっていた。そして当然のように口付けが落とされる。

「……や、星を……」

見にきたのでは？　という疑問は彼の口内へ飲み込まれた。呼吸もままならないキスに翻弄され酸欠状態で喘げば、開いた唇からもっと深く貪られる。息苦しくて逃れようと試みても、囲い込まれた腕の檻は堅牢でビクともしない。

「思う存分見上げればいい」

地面に広げた上着の上へ横たえられ、真上から見つめられた。アレクセイの肩越しに見える月が、淫靡さに拍車をかける。冴えた光が創る陰影は余計なものを埋没させ、より一層欲望を浮き彫りにする。

「こんな状況では……！」

とても落ち着いて天体観測などできる訳がない。濡れたアレクセイの瞳の熱さに身体の芯が震えた。

「嫌……？　セシリア」

ここまで強引に推し進めておいた癖に、アレクセイの不安がセシリアにも伝わってくる。それが痛いほど分かるからこそ、セシリアは拒みきれなくなってしまう。

「……嫌、ではないですけれど……でも」

二人で河に落ちた夜から、一度も身体は重ねてはいない。アレクセイの怪我が理由の大半ではあるけれど、それだけが原因でないのはお互いに理解している。セシリアに彼を拒絶する意図はないが、アレクセイには色々なけじめが必要だったらしい。王都から戻り、諸々の問題が片付いたのだと言ったアレクセイをセシリアは労った。そして今夜、きっとそうなるだろう予感はしていた。

「……確かに、ここではセシリアの気が散りそうだ。せっかく二人きりなのに、他へ意識が逸れるのは許せないな」

彼の長い指が、名残惜しげにセシリアをなぞる。赤く咲いただろう首筋を撫でられた時には、喉の奥から掠れた息が漏れた。

「もっと私だけ見て。他には何も視界に入れないで」

アレクセイの駄々をこねる子供のような懇願にセシリアは笑みを零す。大の男に失礼だが、可愛いと思ってしまったのは仕方ない。けれどそれが伝わってしまったのか、アレクセイは不機嫌そうにに唇を歪めた。

「余裕だね。私は屋敷まで堪えるのも理性を総動員しなければならないのに」

「え……？　きゃっ」

セシリアの胸元のルビーに口付けたアレクセイが、見せつけながらそれを口に含む。直接肌に触れられた訳でもないのに、あまりの淫靡さに身体が震えた。

「あの……」

「何……？」

アレクセイの口内で温められて、ポトリと落ちて来たペンダントヘッドが、熱く肌を炙る。欲望を燻らせたアレクセイの瞳に絡め取られ、セシリアの呼吸が乱れた。胎内の奥底から飢えた欲求が動き出し、常識や理性を駆逐《くちく》する熱が高まってゆく。

「……ぁ……っ！」

柔らかく揉まれた胸から快楽が走り抜けたけれど、決定的には与えられない刺激にもどかしさが募り、無意識に身体が動いてしまう。

「脚を擦り合わせて、いやらしいね」

「ち、違う……っ、」

「嘘はよくない」

セシリアの下肢へ忍び込んだアレクセイの手が、素早く淫らな根源を探った。抵抗する間もなく潤んだ場所に触れられ、セシリアの背が強張る。

「やッ……!?」

「ああ……ほら、こんなに」

うっとりと眼を細めたアレクセイの指が泥濘《ぬかるみ》を往復して、既に濡れそぼっているのを容赦なくセシリアへ突き付けた。

「嫌……！」

「本当に？　ならなぜこんなふうになっている？」

役割をなさなくなった下着を奪われ、秘められるべき箇所が外気に触れる。風の動きを感じるあり得なさに、セシリアは羞恥で火照った。

「アレク様……！」

「月明かりに光って、なんて淫らなんだ」

拡げられた中心を覗き込まれ、あまつさえそこへ口づけられる。抵抗しなければという理性は、敏感な場所を舌で転がされて弾け散った。

「は……ッ、ぁあっ」

「月夜に咲く花があるのを知っているかい？　セシリア。翌朝には散ってしまう儚い花だが、白い花弁が美しい幻想的な花なんだ。まぁ、私も一度しか見たことはないがね。……君は、どこかそれを思わせる。人知れずひっそり開くのに、眼にした者は囚われずにはいられない」

いうや否や、アレクセイの舌がねっとりと蕾を舐め上げる。粘着質な水音に耳を犯されセシリアは身を捩るが、上手く力が入らずにアレクセイを楽しませただけだった。

「月光に照らされるセシリアの裸身も見たいけれど、全部脱がせたら後が大変そうだ」

たちの悪い戯れが漸く終わるのかと安堵したのも束の間、アレクセイの指が挿し入れられる。すっかり油断していたセシリアは容赦なく感じる部分を擦られて、一気に快楽の階段を跳ね上がった。

「……あっ、ぁ!?」

「いつも以上に熱い……期待している？」

「ち、違……っ」

言葉とは裏腹に、甘い疼きが溜まってゆく。全身が支配されるのも時間の問題だと、経験が訴えていた。

アレクセイの指がセシリアの中心で淫猥な音を奏でる。僅かに動かされるだけでも声が抑えられないほど乱されてしまうのに、更に快楽の芽へ吸い付かれてはひとたまりもない。セシリアはビクリと手脚を強張らせながら、大きく仰け反った。

「ゃ、駄目……っ、ぁ、あ、ああッ」

己の有様を思うと、とても冷静ではいられない。いくら誰もいない夜の森と言っても、下半身を屋外で曝け出し身悶えるなど、淑女の行為では考えられず、正気の沙汰ではあり得ない。だがアレクセイの喜色を浮かべた顔を見ると、そんな常識など瑣末なことに思えてしまう。

「やっぱり、屋敷までなど我慢できないな」

月を背負った影の中、アレクセイが前を寛げるのを感じた。セシリアにはもう、拒む余裕は残されておらず、溢れ出そうになる欲を満たして欲しくて堪らない。一つに戻りたい渇望が身の内で暴れ狂う。

目蓋へ口付けられた後、望みのものは与えられた。

「……あァッ、あ！」

押し広げられる圧迫感も快楽に取り込まれ、体内へ直接施される愛撫に歓喜した。

「……っ、すごい。今までで一番強く抱きしめられている気がする」

自分でも、アレクセイに絡み付き離すまいとしているのが分かる。思った以上にセシリアは心も身体もアレクセイに飢えていた。伸ばした両手で縋り付き、間にある距離を消してしまいたい。無粋な服越しでは、充分に彼を感じられない。

「背中は痛まないか？」

「それは、こちらの台詞です……っ、いくら傷が塞がったと言っても……っ」

医師からは、アレクセイの背中の怪我はもう心配ないと説明されている。けれど、残された傷跡は生々しく、盛り上がった肉が痛々しい。その場所を眼にする度、セシリアは罪悪感に囚われてしまう。アレクセイ自身は「セシリアを助けられたのだから」と気にしていないどころか、まるでそれを大切な勲章のように扱っているが。

繋がりあったまま、セシリアは上半身を起こされた。そのせいで座り込んだアレクセイに跨る形で乗ってしまう。当然、自身の重みにより、彼の切っ先は深い部分を容赦なく抉った。

「ぁ、あッ」

「……っ、そんなに、強請らないでくれ、セシリア」

不意の刺激が呼び水となり、セシリアは達した。ビクビクと痙攣する度、中のアレクセイを強く感じてしまう。

「……や、もう……っ！」

それなのに、アレクセイはセシリアの腰を摑むと、下から揺すりたてた。今までとは全く違う場所に屹立が当たり、鋭敏になった身体には過ぎる快楽が脳天へ突き抜ける。

「ん、ぅあ、ぁ、あ……っ」

ぐちゅぐちゅと濡れた音がスカートの下で奏でられるが、もしも何も知らない者が眼にしたなら、慎みのない恋人同士が抱き合い戯れているように見えるかもしれない。だが実際にはもっと淫らな遊戯に耽っている。

「……蕩けていて温かい……ずっとこうしていたくなる」

「も……っ、アレク様、ふぅ……ッ」

一際強く突き上げられて、白い火花が散った。喉を晒して後ろに倒れこみそうになるのを掻き抱かれ引き戻される。剛直に押し上げられた子宮が切なく震えた。止めどなく溢れる蜜がアレクセイの服を汚してゆくのが分かっても、快楽にうかされた身体はもうセシリアの自由にはならない。彼の望むまま、膝の上で淫らなダンスを踊るだけ。

「ぁっ、あ、あ……ッ」

「ああ……全部、受け止めて。セシリア……」

「アレク様……っ」

刹那、質量を増したものが一気に弾けた。腹の中を叩く熱い飛沫がアレクセイにも届かなかった場所まで到達し、堪えられない喜悦が快楽を伴ってセシリアの全身を支配する。

「あぁぁ――っ……」

先ほどよりも強い悦に飲み込まれ、一瞬意識は遠退き恍惚にすり替わる。息を荒げたアレクセイの腕に閉じ込められたまま二人揃って横たわれば、石の床が火照った肌を心地よく冷ましてくれた。

「……ん……」

疲労感からセシリアの目蓋が下りてくる。下肢を流れ落ちる生温かなものにさえ、反応した身体がひくりと粟立った。

「セシリア……愛している」

目尻に朱を走らせた彼が愛しい。この先の困難も、共にならきっと乗り越えられる。

自分の命よりも大切な人。記憶をなくしてでも守りたかった想い。そして再び同じように愛してしまった人。

「私も……愛しています」

――もう二度と忘れたりしない。愛しい気持ちも辛いことも、全部ひっくるめて愛することだから。

閉じかかった目蓋にキスされ、ゆっくり開いたセシリアの視界には、空を横切る星が映った。

あとがき

初めましての方もそうでない方も、こんにちは。山野辺《やまのべ》りりです。この本を手に取ってくださり、ありがとうございます。少しでも楽しんで頂けたら嬉しく思います。

今回のお話は担当様の「ヒロインに××する（ネタバレになるので伏字）ヒーロー、良いと思いませんか？」というお言葉から出来上がりました。その時私は、「……それ、ただのクズです……」とお返ししたのを覚えています。けれど、よくよく考えたら「何だか面白いじゃないか！」と時間差で一人盛り上がってきました。という訳で、これは後悔から始まる二人のお話です。一度壊れて、リセットされた状態から築き上げる関係を見守って頂けたら、ありがたく思います。

取り戻せない過去に怯えて足掻くアレクセイは書いていて非常に楽しく、もっとのたうち回れ……と何度か呪ってしまいました。勿論、嫌っているのではないですよ。でも、何故そんな扱いを受けてしまうかは、どうぞ本文中で確認してくださいませ。

素敵なイラストを描いてくださったDUO BRAND.様、あまりのセクシーさに身悶えるほど興奮し、何度も見つめてニヤニヤしました。ありがとうございます。特に背中と腹筋がね……とにかく皆様に見て欲しい。いつもご指導くださる担当様、迷惑ばかりおかけして申し訳ありません。そして読んでくださる皆様に、最大級の感謝を。またお目に掛かれることを願って。

この本を読んでのご意見・ご感想をお待ちしております。

◈ あて先 ◈

〒101-0051

東京都千代田区神田神保町2-4-7 久月神田ビル7階

㈱イースト・プレス　ソーニャ文庫編集部

山野辺りり先生／DUO BRAND.先生

水底《みなそこ》の花嫁《はなよめ》

2015年1月5日　第1刷発行

著　者　山野辺《やまのべ》りり

イラスト　DUO BRAND《デュオ ブランド》.

装　丁　imagejack.inc

DTP　松井和彌

編　集　馴田佳央

営　業　雨宮吉雄、明田陽子

発行人　堅田浩二

発行所　株式会社イースト・プレス

〒101-0051

東京都千代田区神田神保町2-4-7 久月神田ビル8階

TEL 03-5213-4700　FAX 03-5213-4701

印刷所　中央精版印刷株式会社

ISBN 978-4-7816-9545-7

定価はカバーに表示してあります。